유머충전소

웃다보면 건강은 덤!

유머충전소

유머동호회 엮음

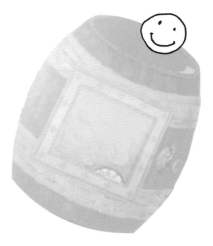

매월당
MAEWOLDANG

웃음이 그리워질 때가 있습니다.
그럴 때, 짜증만 내지 말고 웃을 거리를 찾아보십시오.

이 책을 엮은 유머동호회는 바랍니다.
유머로 가득 찬, 웃음으로 가득 찬 세상을……

썰렁한 유머는 이제 그만!
웃기지 않는 유머는 이제 그만!
아무런 감동도 주지 못하는 유머는 이제 그만!

유머를 알면 인간 관계가 보입니다.

가슴을 활짝 열고 유머 속으로 들어가십시오.

1장
Like Quiz & Ranking

2장
Oldies But Goodies

차 례

3장
Rest Time

4장
Adult Humor

차 례

Like Quiz
&
Ranking

Humor

그녀가 교수를 좋아하는 이유

1. 그는 늘 시간이 많아서 나오라고 하면 언제든지 나온다.
2. 그는 혹 자기가 못 나오면 젊은 조교라도 내보낸다.
3. 그는 한 번 시작하면 최소한 50분은 한다.
4. 그는 10분 쉬었다가 또 할 수 있다.

여자들이 싫어하는 남자

1. 그냥 아무한테나 달라고 그러는 놈!
2. 에그 병신~ 하다가 자폭하는 놈!
3. 하면 뭐해! 해도 기술이 늘지(?) 않는 놈!
4. 으이그~ 해도 해도 끝이 없는 놈!
5. 불쌍해서 한 번 줬더니(?) 지꺼라고 착각하는 놈!
6. 에그 쪼다~ 준다 해도 됐다는 놈!
7. 할 줄(?)도 모르면서도 그냥 막무가내로 달라는 놈!
8. 첨이라 해 놓고 하면 너무 잘하는 놈!
9. 도둑놈~ 몇 번이나 줬는데 안 줬다고 잡아떼는 놈!
10. 속 검은 놈~ 한 번 주고 나니 배짱 튕기는 놈!
11. 안하는 게 났지! 두 번째가 첫 번째만도 못한 놈!
12. 사기꾼~ 안 줬는데 줬다고 사기를 치는 놈!
13. 저능아~ 두 번 줬는데 한 번 줬다고 우기는 놈!
14. 제발 한 번만 달라고 귀찮게 보채는 놈!
15. 찰거머리~ 한 번만이라고 하고 자꾸 달라는 놈!
16. 한 번 준 거 가지고 사방팔방 떠벌리는 놈!
17. 한 번만이라고 해 놓고 다시 한 번만이라고 하는 놈!

18. 농담으로 준댔더니 진짠 줄 아는 놈!

19. 결정적으로 한 번만 하고 안해 주는 놈!

20. 어디에서 옮아왔는지 병 옮기는 놈!

21. 아무 데서나 달라고 하는 놈!

★ 병신~ 정말 죽이고 싶도록 싫은 건 줘도 못 먹는 놈!

녀(女) 시리즈

1. 이쁜 녀(女) - 자기는 물론 친구도 데려와서 주라 하는 녀(女)

2. 미친 녀(女) - 가리지 않고 이놈 저놈 다 주는 녀(女)

3. 복 터진 녀(女) - 이놈도 한 번 저놈도 한 번 줄서서 해주는 녀(女)

4. 아주 이쁜 녀(女) - 밤낮을 구분 않고 모텔에 가서 쉬었다(?) 가자는 녀(女)

5. 황당한 녀(女) - 쯧쯧 준 일도 없으면서, 줬다 떠벌리고 다니는 녀(女)

6. 미운 녀(女) - 줄 듯 줄 듯하면서 벗겨 먹기만 하고 안 주는 녀(女)

7. 더 미운 녀(女) - 금테 둘렀나~ 한 번만 주고 다시는 안 주는 녀(女)

8. 나쁜 녀(女) - 으이고! 내숭, 나만 준 줄 알았더니 이놈 저놈 다 준 녀(女)

9. 처량한 녀(女) - 불쌍하도다 남자가 벗겨 놓고도 안 먹는 녀(女)

10. 불쌍한 녀(女) - 더 불쌍타, 평생 동안 한 번도 달라는 소리
    못 들은 녀(女)

11. 더 나쁜 녀(女) - C8! 나만 안 주고 다 준 녀(女)

12. 얄미운 녀(女) - 러브호텔까지 들어와 놓고도 안 주는 녀
    (女)

13. 더 얄미운 녀(女) - 목욕하고 팬티까지 벗어 놓고도 결국 안
    주는 녀(女)

세상에서 가장 야한 직업

1. 간호사 ························ 바지 내리세요.

2. 은행 여직원 ···················· (저금) 빼지 마세요.

3. 때밀이 ························· 뒤돌아 누우세요.

4. 엘리베이터 걸 ················· 빨리 올라타세요.

5. 골프장 캐디 ··················· 잘 꽂아 넣으세요.

6. 농구 감독 ······················· 똑바로 넣어!

7. 간판집 직원 ··················· 잘 박아 드릴게요.

8. 보험외판원 ··················· 넣었다 뺐다 하지 마세요.

9. 교사 ·······················참 잘했어, 또 해봐.

10. 파출부 아줌마 ·············더 빨 것 없어?

11. 보석 가게 주인 ···············끼워 보세요.

12. 굴뚝 청소부 ···············뚫어! 뚫어!

13. 칵테일 바 주인 ··············· (칵테일) 흔들어 드릴게요.

14. 책방 주인 ····················· (책보고) 잘 끼워넣어.

15. 고스톱 도박꾼 ·············· 흔들었어, 쌌어.

16. 주차 직원 ····················· 넣으소, 빨리 빼소.

17. 현금카드회사 직원 ·············· 넣었다 뺐다 하면 돼요.

18. 잡상인 ···························· 지금 들어가도 돼요?

19. 양궁장 주인 ························ (과녁에) 잘 꽂으세요.

20. 군대 상관 ·························· (원산폭격) 빨리 박아!

21. 당구광 ···························· 빨아, 넣어, 돌려!

그녀가 버스 기사를 좋아하는 이유

1. 그는 커다란 물건을 가지고 다닌다.
2. 그는 크기도 커다란 것을 마구 밀어붙인다.
3. 그는 아무리 많은 사람을 태워도 힘이 남아돈다.
4. 그는 후진보다 전진에 능하다.
5. 그는 기술(?)이 뛰어나다.
6. 그는 좁은 길도 잘 파고든다.
7. 그는 잠깐씩만 쉬었다가 금방 또 달린다.
8. 그는 혹시라도 고장이 났을 땐 다른 것으로 대체해 준다.
9. 그는 타고 나면 쉬지 않고 흔들린다.
10. 그는 아침 일찍부터 밤늦게까지 계속 태워 준다.
11. 그는 언제 어디서나 태워 준다.
12. 그는 내가 만족하면 내려 준다.
13. 그는 내 마음대로 내려도 화내지 않는다.
14. 그는 언제쯤 내리면 되는지 친절하게 가르쳐 주기도 한다.
15. 그는 남자 친구와 같이도 태워 준다.
16. 그는 여자 친구와 같이도 태워 준다.
17. 그는 서로 자기 것에 타라고 경쟁하기도 한다.

18. 그는 타다가 졸아도 그냥 내버려둔다.

19. 그는 졸다가 깨도 계속 달린다.

20. 그는 남의 시선을 상관하지 않고 탈 수 있다.

21. 그는 달릴 때 육중한 소리가 난다.

22. 그는 넓은 길도 잘 달린다.

23. 그는 길이 넓다고 화내지 않는다.

24. 그는 넓은 길을 꽉 채우고 잘 달린다.

25. 그는 탁 트인 야외에서도 잘 달린다.

26. 그는 아줌마도 태워 준다.

27. 그는 할머니도 태워 준다.

28. 그는 타는 사람에게 꼬치꼬치 물어보지 않는다.

29. 그는 처음 보는 사람도 잘 태워 준다.

★ 처음 타는 사람도 그를 쉽게 탈 수 있다.

첫날밤에 겪는 비애

1. 기운의 비애(?) - 신부를 안고서 뒤뚱뒤뚱, 자기 힘없는 건 생각 않고 신부 몸무게 탓하며 비실비실거리는 비실이.

2. 무드의 비애(?) - 아! 음악 깔고 분위기 잡는데 난데없는 불협화음의 음악 소리, 뽀~옹~!!

3. 충격의 비애(?) - 정말 쌍코피 터져가며 열과 성의를 다하는데 불감증인가? 천장의 샹들리에 전구알이나 세고 있는 신부.

4. 순결의 비애(?) - 쯧쯧쯧… 매직데이와 그날 밤을 맞춘 것도 모르고, 그 흔적(?)만을 보며 기뻐하는 신랑.

5. 바보의 비애(?) - 캄캄한 이불 속으로 신부를 부르더니 기껏 '야광 팬티'나 자랑하는 얼간이. 정말 바보 아니야!!

6. 사기의 비애(?) - '처음이야~!' 해놓고서 앞으로, 뒤로, 옆으로, 수십 가지 테크닉을 발휘하는 신부. 이거 전과가 있는 것 아니야!!

7. 금전의 비애(?) - 첫날밤을 날아다니는 바퀴벌레 나오는 여관 방에서 보내는 자린고비, 그래 아껴서 잘 먹고 잘 살아!!

8. 조루의 비애(?) - 이거 관계를 가진 거야, 아니야!! 단 10초 만에 하산하여 구석에서 이상한 약 뿌리고 있는 토끼 신랑.

9. 지루의 비애(?) - 이것 언제 끝나!! 길어도 탈. 장시간 힘자랑으로 다음 날 신부의 걸음걸이를 변하게 하는 변강쇠.

10. 습관의 비애(?) - 아이고 그래 너 잘났다!! 침대는 적응을 못해 바닥에서 일(?)을 치르다가 무릎이 까지는 신토불이.

공통점 찾기

붕어빵 장사의 붕어빵이 탔다.
결투를 하던 서부의 총잡이가 죽었다.
남자와 관계를 가진 처녀가 임신했다.
위의 공통점은?

★ 너무 늦게 뺐기 때문이다.

비아그라

1. 비아그라를 복용할 때 되도록 빠르게 삼켜야 하는 이유?
   - 허허!! 그렇지 않으면 목이 뻣뻣해지니까.

2. 컴퓨터가 새로 개발된 비아그라 바이러스에 감염되면?
   - 으악!! 플로피 디스크가 하드 디스크(?)로 변했네!!

3. 비아그라를 가득 실은 트럭이 한강에 빠졌다. 무슨 일이 일어났을까? - 어머나!! 한강 다리들이 모두 일어섰다.

4. 바지 호주머니에 비아그라를 넣은 채 세탁했다. 무슨 일이 일어났을까? - 끄악!! 바지가 딱딱해져서 못 입게 되었다.

5. 비아그라 복용 후 얼굴에 핏기가 마르고 점점 창백해져 가는 것을 느끼는 이유? - 오호!! 피가 다른 곳으로 다 모이기 때문.

6. 비아그라 복용 후 동화를 믿게 되는 이유는? - 아하!! 이젠 피노키오가 그렇게 큰 거짓말쟁이로 보이지 않는다.

7. 비아그라 복용 후 절대로 넘어지지 않는 이유?
   - 그래 그래!! 무게 중심이 아래에 있다.

8. 비아그라 복용 후 식사 중 가끔 사고를 치는 이유?
   - 맞아 맞아!! 가끔 밥 잘 먹다가 본인도 모르게 밥상을 엎어 버리곤 한다.

드라마 허준 증후군

1. 허재를 허준으로 잘못 말한 적이 가끔 있다.
2. 닭을 보면 닭의 어느 부위에다 젓가락을 꽂아야 할지 고민하게 된다.
3. 레스토랑에서 하늘색의 냅킨을 보면 그것을 팔이나 몸에 붕대처럼 두르고 밖에 나가고 싶어진다.
4. 가장 빨리 시험지를 내고 나온 애가 왠지 1등일 것 같다.
5. 오픈 북으로 시험을 치르더라도 외운 다음 책을 덮고 시험을 친다.
6. 한의원에 침을 맞으러 가서 의사 선생님을 부를 때 '의원님'이라는 말이 본인도 모르게 나온다.
7. 무슨 좋은 일이 있을 때 축하한다(?)는 말보다 감축하네(?)라는 말을 들으면 더 기분이 좋다.

이런 남편이 되어 주세요

1. 아내의 명령에 무조건 복종하는 충성심이 강한 ··· 돌쇠
2. 일하고 돈벌 때는 개미처럼 부지런한 ··· 마당쇠
3. 아내의 단점이나 잘못을 절대 말하지 않는 철통 같은
   ··· 자물쇠
4. 아내의 마음이 닫혀 있을 때 언제나 활짝 열어 주는
   ··· 만능열쇠
5. 모진 세파에도 끄덕없이 가정을 지키는 강인한 ··· 무쇠
6. 아내가 아무리 화를 내고 짜증을 부려도 그저 둥글둥글
   ··· 굴렁쇠
7. 아내와 대화를 할 땐 부드럽고 감미로운 수액의 ··· 고로쇠
8. 친구들과 어울릴 때는 돈 한푼 안 쓰는 짠돌이 ··· 구두쇠
9. 아내가 울적할 땐 달콤한 노래를 불러 주는 ··· 이문쇠
10. 그리고 밤에는 언제까지나 ··· 변강쇠

술에도 급수가 있네

일찍이 청록파 시인 조지훈 님은 바둑에 급과 단이 있듯 술을 마시는 데도 급수와 단이 있다고 논했다.[酒道有段 주도유단]

9급 부주不酒 : 술을 아주 못 마시진 않으나 안 마시는 사람

8급 외주畏酒 : 술을 마시긴 마시나 술을 겁내는 사람

7급 민주憫酒 : 마실 줄도 알고 겁내지도 않으나 취하는 것을 민망하게 여기는 사람

6급 은주隱酒 : 마실 줄도 알고 겁내지도 않고 취할 줄도 알지만 아쉬워서 혼자 숨어 마시는 사람

5급 상주商酒 : 마실 줄 알고 좋아도 하면서 무슨 잇속이 있을 때만 술을 내는 사람

4급 색주色酒 : 성생활을 위하여 술을 마시는 사람

3급 수주睡酒 : 잠이 안 와서 술을 마시는 사람

2급 반주飯酒 : 밥맛을 돕기 위해서 마시는 사람

초급 학주學酒 : 술의 진경을 배우는 사람 - 주졸酒卒

초단 애주愛酒 : 술의 취미를 맛보는 사람 - 주도酒徒

2단 기주嗜酒 : 술의 진미에 반한 사람 - 주객酒客

3단 탐주眈酒 : 술의 진경을 체득한 사람 - 주호酒豪

4단 폭주暴酒 : 주도를 수련하는 사람 - 주광酒狂

5단 장주長酒 : 주도 삼매에 든 사람 - 주선酒仙

6단 석주惜酒 : 술을 아끼고 인정을 아끼는 사람 - 주현酒賢

7단 낙주樂酒 : 마셔도 그만 안 마셔도 그만, 술과 더불어 유유
자적하는 사람 - 주성酒聖

8단 관주觀酒 : 술을 보고 즐거워하되 이미 마실 수 없는 사람 -
주종酒宗

9단 폐주廢酒 : 술로 말미암아 다른 술 세상으로 떠나게 된 사람
- 열반주涅槃酒

이어서 조지훈은 주도酒道에는 9단 이상은 이미 이승 사람이 아
니기 때문에 단을 매길 수 없다는 것이다.

축구 약팀과 강팀의 차이

어느 축구 해설자의 화려한 언변
1. 약자가 드리블하면 "볼을 저렇게 길게 갖고 있으면 안 되죠."
2. 강자가 드리블하면 "굉장한 개인기군요."
3. 약자가 중거리 슛을 하면 "무모한 짓이에요."
4. 강자가 중거리 슛을 하면 "대포알 같습니다."
5. 약자가 미드필더를 조여들면 "축구를 답답하게 하는군요."
6. 강자가 미드필더를 조여들면 "축구는 저렇게 중앙부터 조여 줘야…."

당신이 뭘 알어

부인은 말끝마다 '당신이 뭘 알아요?' 라고 하며 시도때도 없이 남편을 구박했다.

어느 날 병원에서 부인에게 전화가 왔다. 남편이 교통사고를 당해 중환자실에 있으니 빨리 오라는 연락이었다.

부인은 허겁지겁 병원으로 달려갔다. 그러나 병원에 도착했을 때는 이미 남편은 세상을 뜬 후였다.

평소에 남편을 구박했지만 막상 죽은 남편을 보니 그렇게 서러울 수가 없었다. 부인은 죽은 남편을 부여잡고 한없이 울었다. 부인이 한참을 그렇게 울고 있는데 남편이 슬그머니 천을 내리면서 말했다.

"여보! 나 아직 안 죽었어!"

그러자 깜짝 놀란 부인은 울음을 뚝 그치면서 남편에게 버럭 소리를 질렀다.

★ "당신이 뭘 알아요? 의사가 죽었다는데!"

1,000원에 1,000원 더

선생님이 초등학생 아이에게 물었다.

"네가 1,000원을 갖고 있는데 아빠에게 1,000원을 더 달라고 했다면 너는 얼마를 가지게 되니?"

그러자 아이가 대답했다.

"1,000원이요!"

선생님은 걱정스러운 표정으로 말했다.

"너는 산수를 잘 모르는구나!"

그러자 아이가 한숨을 쉬며 하는 말,

★ "선생님은 저의 아버지를 잘 모르시는군요!"

아이의 기도

1. 저기요… 우리 이모네 집엔 애기가 많거든요. 근데 울 이모 배가 또 커지고 있어요. 이번에는 이쁜 강아지를 낳게 해주세요.
2. 저기요… 울 아빠는 배가 점점 커지기 시작한 지 백 밤도 더 지났거든요. 근데 제 동생은 언제 나오는 거예요? 알려 주세요.
3. 제가 먹다 남긴 케이크 냉장고에 넣었거든요. 근데 제가 자는 동안에는 케이크가 아주 쓰게 해주세요. 아빠가 몰래 먹지 못하게….
4. 저기요… 지난 크리스마스 때 주신 선물 다른 물건으로 바꿔 주시면 안 될까요? 우리 엄마는 매일 텔레비전에서 받은 거 다른 물건으로 잘 바꾸던데…, 저도 좀 바꿔 주세요.

군대에서 깨닫는 진리

1. 우리나라 기후는 사계절이 아니다.
   - 아하!! 울타리 안은 춥고 바깥은 따뜻하고 결국 여름과 겨울 두 계절이다.
2. 저울과 불빛이 없어도 정확하게 배식을 할 수 있다.
   - 정말!! 시계가 없어도 밥때(?)는 알 수 있다.
3. 자면서도 건빵을 먹을 수 있고 졸면서도 달릴 수 있다.
   - 고참이 되면!! 눈감고도 TV 시청을 할 수 있다.
4. 검열 받는 3분, 그것을 준비하는 일 주일보다 길다.
   - 그리고 제대하기 전날이 26개월보다 더 지루하다.
5. 맑은 날보다 비 오는 날이 훨씬 기다려진다.
   - 그래!! 화이트 크리스마스는 악몽처럼 느껴진다.
6. 남자는 세 번 우는 것이 아니라 네 번 운다.
   - 태어날 때, 부모님 돌아가셨을 때, 나라가 망할 때, 마지막으로 한 달 고참이 많을 때다. 돌아버리네!!
7. 가수는 가창력보다 섹시함이 최고고 탤런트는 연기력보다 글래머가 최고다.
   - 결국!! 여자는 엄마와 애인 두 부류로 보인다.

8. 에베레스트 산이 높아도 유격장 꼭대기보다 낮다.

  - 정말!! 태평양이 넓어도 잡초 무성한 연병장보다 좁다.

9. 기합을 받으면 애국가 4절까지 그냥 외워진다.

  - 믿지 못하겠지!! 머리를 박고 있으면 십 년 전 일기도 기억이 난다.

10. 졸병일 때 고참과 근무를 서면 못 부르던 노래도 본인도 모르게 술술 나오게 된다.

  - 그리고 없던 애인과의 러브 스토리도 만들어진다.

11. 밤은 짧고 낮은 길다.

  - 칭찬은 무지 아끼고 기합은 엄청 헤프며, 휴가는 짧고 신고는 길다.

12. 젤 부러운 사람이 환자고 젤 불쌍한 사람이 축구 못 하는 사람이다.

  - 젤 위대한 사람이 예비군이다.

13. 표창장, 상장보다 병장이란 것을 갖고 싶고 심장병, 상사병보다 무서운 게 있다.

  - 바로 헌병이다.

14. 막사 주위에 꽃을 심으면 꽃이 피지 않으며 나무를 심으면 곧 썩어 죽는다.

  - 이유는 화장실이 멀어서다.

호랑이 새끼를 키웠어!

사부 : 아니…, 네가 나에게 어떻게!

제자 : 사부님, 제가 세상에서 제일의 무술인이 되기 위해서는 어쩔 수 없습니다.

사부 : 난 너를 어렸을 때부터 자식처럼 키워왔다. 근데 네가 나를 죽이려고 하다니!

제자 : 죄송합니다. 이얍!(제자의 발길질에 쓰러진 사부)

사부 : 헉! 내가 호랑이 새끼를 키웠어, 호랑이 새끼를….

제자 : 그걸 이제야 아셨다니 불쌍하군요. 안녕히 가십시오.

사부 : 다시 한 번 생각해 봐라. 내가 호랑이 새끼를 키웠다고.

제자 : 더 이상 생각할 필요도 없습니다. 안녕히 가십시오.(제자가 사부를 죽이려 하자 갑자기 제자 뒤에서 호랑이가 나타나 제자를 덮쳤다)

사부 : 내가 호랑이 새끼를 키웠다니까.

현문현답

엄마, 아기는 어디서 생겨?

- 이불 속에서 생긴단다.

엄마, 아기는 언제 생겨?

- 낮과 밤 구분 없이 시도때도 없이 생긴단다.

엄마, 아기는 왜 생겨?

- 대부분은 실수로 생긴단다.

엄마, 아기는 누구랑 생겨?

- 때에 따라, 상황에 따라 다 다르단다.

엄마, 아기는 어떻게 생겨?

- 말로 설명이 안 되니 나중에 고화질로 보여 주마.

엄마, 아기는 뭐 먹으면 생겨?

- 남자가 여자를 잡아먹으면 생긴단다.

산부인과에서 생긴 일

한 산부인과에 임신부가 진통을 하면서 실려 왔다.

소리를 지르면서 실려가는 침대카 옆에 남편으로 보이는 남자가 따라가며,

"여보! 조금만 참아! 조금만…."

하며 안타까운 표정으로 아내를 위로했다.

병원 복도를 지나 임신부가 탄 침대카가 분만실로 들어가자 남편이 함께 들어가려 했다.

그때 간호사가 문에 붙어 있는 문구를 가리키며 말했다.

"관계자 외 출입금지입니다. 밖에서 기다려 주세요."

그러자 남편 하는 말.

"이것 보쇼! 내가 관계자여. 참내!"

뭘까요?

1. 어두운 곳에 있기를 좋아하고 대부분 어두운 색이다. 여자를 사귀면 사용하는 횟수가 많아지고 결혼하면 사실상 소유권은 여자가 갖는다. 또 술을 많이 마시면 자주 꺼내고 커지면 당당하고 작아지면 어깨가 움츠러든다. 내용물을 보관하다가 필요한 사람에게 주는 은행도 있다. 깊이 넣을수록 좋고 빨지 말고 부드러운 걸로 닦아 줘야 한다. 가끔 화장실에서 확인하고 잃어버리면 큰일난다. 지하철에서 조심해야 하고 목욕탕에서도 조심해야 한다. 나는 뭘까요? 지갑

2. 내가 들어가면 상대방은 아프다고 한다. 삽입 후 난 상대에게 액체를 삼키지 말고 뱉으라고 충고한다. 그러나 사실 상대가 삼키든말든 별로 신경 쓰지 않는다. 나는 당신의 입을 구역질 나게 한다. 나는 뭘까요? 치과 의사

3. 먼저 손가락이 나의 작고 둥근 몸 속으로 슬그머니 들어온다. 언제나 최고의 남자가 가장 먼저 나를 갖는다. 나는 뭘까요? 결혼반지

4. 나는 두 쪽으로 나누어져 있으며, 먹히기 전에 벗겨져야 한다. 당신의 손가락이 나를 발가벗게도 한다. 사람들은 날 먹

기 전에 핥기도 한다. 나는 뭘까요? 땅콩

5. 나는 하루 종일 들어왔다 나갔다 하기를 반복하며, 영어로는 Blow job이라고도 한다. 나는 나의 원래 뿌리보다 훨씬 더 커지기도 한다. 남자의 입에 들어갈 때도 있지만, 대부분 여자의 입에서 논다. 나는 뭘까요? 풍선껌

6. 나는 정말로 크기가 각양 각색이다. 내 컨디션이 별로 좋지 않을 때는 질질 흘리기도 한다. 당신이 날 불어 주신다면 (blow me), 기분이 한결 좋아질 수 있을 텐데 나는 뭘까요? 코

7. 난 주로 남자들과 함께 일하고 가끔 커다란 공이 매달려 있을 때도 있다. 내가 대낮에 일하고 있을 때는 마을 여자들이 눈살을 찌푸린다. 나는 뭘까요? 기중기

8. 지브라(Zebra : 얼룩말)의 숨은 속뜻은 뭘까요? 'A브라(컵)' 보다 26사이즈 큰 'Z브라'

9. 고릴라의 콧구멍이 큰 이유는 뭘까요? 손가락이 크기 때문!

10. 늙은 젖소에게 얻을 수 있는 것은 뭘까요? 유통 기간이 지난 우유

11. 졸부 딸이 사는 곳에 형광등이 고장 났다. 그녀의 요구는 뭘까요? 아빠! 아파트 새로 갈아 줘!

12. 물고기가 헤엄치다 바위에 부딪히면 뭐라고 할까요? C8!

13. 던져도 돌아오지 않는 부메랑은 뭘까요? 작대기

14. 처녀림은 어디에서 볼 수 있나요? 못생긴 나무숲

15. 전화번호부에 '김 씨'가 가장 많은 이유는 뭘까요? 그들이 전화를 가지고 있기 때문

16. 넣을 때의 설렘, 흔들 때의 즐거움, 뺄 때의 아쉬움~ 나는 뭘까요? 저금통

17. 네 다리를 벌려 봐. 맛있는 걸 먹어 봐. 나는 뭘까요? 젓가락

18. 나는 먼저 겉옷을 벗기고, 속옷을 벗기고, 입에 넣는데 처음 엔 단단한데 입 안에 넣고 빨면 흐물흐물해지는데 나는 뭘 까요? 껌

통신 중독 증상

1. 그는 새벽에 일어나 화장실 갔다 오는 길에도
   - 컴퓨터를 부팅시키고 메일을 확인한다.
2. 몸에 'EXPLORER 5.0 이상에서만 볼 것'이라는
   - 문신이 새겨져 있다.
3. 통신을 하다 접속을 끊었을 때의 기분은 마치
   - 사랑을 나눈 뒤의 허전함 같다.
4. 그는 비행기를 타서도 무릎 위에 항상 - 노트북을 놓아야 마음이 놓인다. 물론 자식은 짐칸에 들어가 있다.
5. 그는 공짜 인터넷 접속을 위해
   - 학교 졸업을 2년 정도 늦게 했다.
6. 그는 56K 모뎀을 갖고 있는 사람을 보면
   - 슬며시 웃는다.
7. 그는 일상 편지에도
   - 스마일리를 사용한다.
8. 결정적으로 그는 하드가 깨져서 모뎀 접속이 안 되면
   - 수동적으로 전화를 걸고 비명 같은 이상한 소음을 내 통신 접속에 성공한 적이 있다.

오락실의 고수 하수

1. 격투 오락

1) 하수 - 기술 익히는 데 온 힘을 기울인다.

2) 중수 - 상대방 이기는 데 온 힘을 기울인다.

3) 고수 - 실제 싸움에 응용해 본다.

2. 상대방이 욕을 하면

1) 하수 - 같이 욕을 한다.

2) 중수 - 조용히 끌고 나간다.

3) 고수 - 웃는다. 이제는 귀엽게까지 느껴진다. 가볍게 퍼펙트
로 이겨 준 뒤에 '요새는 쓰레기도 오락을 하는군….'
이라고 말해 준다.

3. 두더지 잡기

1) 하수 - 열심히 맞추는 데 신경을 쓴다.

2) 중수 - 순서를 기억할 정도다.

3) 고수 - 옆에 지나다니는 사람이 때리고 싶어진다.

4. 축구 오락

1) 하수 - 이기는 데 목숨을 건다.

2) 화려한 플레이에 온 힘을 기울인다.

3) 고수 - 자살골이 넣고 싶어진다.

5. 레이스 게임

1) 하수 - 정석대로 열심히 한다.

2) 테크닉을 개발하기 시작한다.

3) 고수 - 뜬금없이 운전면허 시험을 본다고 지랄을 떤다.

6. 펀칭머신

1) 하수 - 손이 얼얼하다.

2) 중수 - 꽤 높은 점수가 나오기 시작한다.

3) 기계를 때려 부순다.

7. 기계가 돈을 먹으면

1) 하수 - 말하기가 뭐하다~. 귀찮으니 그냥 백 원 더 넣는다.

2) 중수 - "아줌마~ 여기 돈 먹었어요~." 당당히 말한다.

3) 고수 - 안 먹었어도 먹었다고 말한다.

숨겨진 특수요원

쉿! 이것은 비밀이야. 그러니깐 다른 사람에게는 말하지 마. 우리나라에는 3대 특수요원들이 있다. 국정원(안기부 요원), 공수부대 특전요원, 그리고 공익요원이 있다. 그 중 북에서 가장 두려워하는 요원이 바로 공익요원이다.

공익요원(Public Green, Green Agent)은 지금까지 김정일이 두려워서 남침하지 못했던 방위를 개편해서 미국의 그린베레를 본 따서(그래서 복장도 Green이다.) 더욱더 강하게 만든 특수요원들이다.

1. 주차요원

그들은 평상시에 자신의 신분을 철저히 감춘 채 주차 단속을 하지만 전시만 되면 대형주차 딱지 한 다발을 들고 적의 전차에 주차 딱지를 붙임으로써 적 전차를 무용지물로 만들어버리는 요원들이다.

2. 산악요원

그들은 평상시에는 깊은 산속에서 짱 박혀(이것을 혹자들은 '비트'라고도 함) 몇 날 며칠간 밥을 먹지 않고 라면과 소주만을 먹으며 고스톱을 쳐대는 무서운 특수요원들이다. 이들은 공무원 아저씨들이 어떻게 찾든 들키지 않고 피할 수 있을 정도로 동물과 같은 감각을 지니고 있다고 한다. 일설에 의하면(이것은 기밀 사항이므로 될 수 있으면 남들에게 얘기하지 말 것) 저번에 죽은 무장공비 11명은 같은 편 공비들에게 죽은 것이 아니라 우리의 산악요원들에게 당했다고 함.

3. 우편배달요원

그들은 평상시에는 우편배달 업무를 하다가 전시에는 적들이 어느 오지에 있든 적의 주소로 폭탄 소포를 가지고 가서 직접 전달한다고 함.(이들은 내가 추측하기로는 우리나라 기술로는 토마호크 같은 미사일을 만들지는 못 하고 미사일 살 돈도 없고 하니까 남아도는 건 인력뿐이라는 결론이 나서 이들 요원들을 양성한 것으로 추측됨. 그러니까 일종의 인간 순항 미사일임) 그 외에는 우리 사회의 안전을 위해 암암리에 활약하고 있는 요원들이 많으나 워낙 베일에 싸여 있어서 알려진 것은 별로 없다.

커피가 애인보다 좋은 이유

1. 커피는 내가 원하면 언제든지 다른 것으로 바꿀 수 있다.
2. 커피는 인스턴트 커피(?)를 사도 불법이 아니다.
3. 커피는 내가 원한다면 다른 커피와 섞어 마실 수도 있다.
4. 커피는 애인과 달리 아무리 설탕을 넣어 줘도 살이 찌지 않는다.
5. 커피는 애인과 달리 내가 아무리 크림(?)을 넣어도 임신하지 않는다.
6. 커피는 다른 집에 있는 커피잔이 크다고 나에게 투덜대지 않는다.
7. 커피를 마시고 난 뒤에는 곯아떨어지지 않는다.
8. 커피는 늘 향기가 좋고 애인과는 달리 아침에 봐도 흉측한 몰골이 아니다.
9. 커피는 작은 티스푼으로 저어 줘도 좋아한다.
10. 커피는 결정적으로 싸다.

컴퓨터가 아내보다 좋은 이유

1. 그는 뭐든지 저장시키면 기억한다.
2. 그는 입냄새, 방귀냄새, 발냄새를 참아 준다.
3. 그는 결과를 예측할 수 있는 존재다.
4. 그는 명령어가 정해져 있다.
5. 그는 사운드가 시끄러우면 볼륨을 낮추든가 끄면 된다.
6. 그는 처음 살 때의 모습 그대로다. 시간이 흐르면 약간 때는 타도.
7. 그가 다운됐을 때는 다시 부팅시키면 대부분 해결된다.
8. 그는 주변기기가 정해져 있다.
9. 그는 일정 금액으로 통신, 인터넷, 게임 모두 즐길 수 있다.
10. 그는 점점 소형화되어 노트북은 물론, 팜탑까지 등장한 지 오래다.
11. 결정적으로 그는 원할 때 언제나 사용 가능하다.

동화가 끼치는 나쁜 영향

한 연구 결과에 의하면 아이들이 잘 읽는 동화가 아이들에게 나쁜 영향을 미치는 주요인이 된다는 보고가 있다.

1. 해님달님 : 폭력을 동반한 무리한 요구.
2. 홍길동전 : 청소년의 잦은 가출 유발.
3. 백설공주와 일곱 난쟁이 : 과다한 보디가드 채용으로 사행심 조장.
4. 흥부전 : 가족 계획에 대한 반항.
5. 혹부리 영감 : 예뻐지기 위한 과도한 성형수술 유도.
6. 인어공주 : 공주병의 원인.
7. 금도끼 은도끼 : 지나친 선물의 오고감.
8. 재크와 콩나무 : 농약의 과다 사용 유도.
9. 선녀와 나무꾼 : 여성 목욕탕에 대한 흥미 유발과 성적 자극 유발.

절정의 순간

1. 인내의 절정(?) - 바나나 나무 아래, 훌렁 벗고 누운 여자의
   무릎과 무릎 사이
2. 고통의 절정(?) - 자신의 거시기를 잡고 구르는 권투 선수
3. 게으름의 절정(?) - 아내의 배 위에 누워 지진을 기다리는 남
   자의 마음
4. 대결의 절정(?) - 폭포 아래에서 '쉬' 하는 남자의 오줌발
5. 속물의 절정(?) - 빨대로 젖을 물리는 교양 있는 모정
6. 황당함의 절정(?) - 볼일 잘 봤는데, 손가락이 화장지를 뚫고
   지나갈 때
7. 과학 기술의 절정(?) - 지퍼 달린 콘돔
8. 곤란함의 절정(?) - 똥꼬가 가려운 외팔이 암벽 등반가

교육 효과

젊은 주부가 배우학교에 다녔으나 연극에는 한 번도 출연하지 않았다.

어느 날 남편 친구가 한마디 했다.

"자네가 아내에게 연극 공부를 시킨다고 지출한 10만 원 말이야, 그건 아무리 봐도 잘못 쓴 거로군."

"천만에. 그 덕에 옷 입는 게 빨라졌다네. 요즘엔 어딘가에 가자고 하면 10분 안에 차리고 나서거든. 전에 한 시간도 더 걸렸는데 말이야!"

뭘 기대해!

한 학생이 길을 가다 대변이 너무 급했다. 그때 눈에 띈 화장실이 있어 급히 뛰어 들어가 볼일을 다 보고 닦으려는데 휴지가 없는 것이다.

그 학생은 매우 난감해 하며 닦을 것을 찾아 주위를 둘러보았다. 눈에 띄는 것이 있었는데 그것은 한쪽 벽에 붙어 있는 작은 쪽지였다.

쪽지에는 이렇게 적혀 있었다.

'만약 닦을 게 없으시면 손가락으로 닦으시고 이 쪽지 아래에 있는 구멍 속으로 손가락을 깊게 넣어 주세요.'

"이야~ 세상 참 편해졌구만, 손가락 세척기도 있고."

그래도 다행이라고 생각한 학생은 손가락으로 쓰윽~ 닦아 주고 그 구멍 안으로 손가락을 힘차게 넣었다. 하지만 구멍 끝에서 기다리는 건 바늘이었다. 학생은 아픔과 동시에,

"앗 따거!"

라고 외치며 손가락을 입으로 가져갔다.

아내와 정부

의사, 변호사, 수학자의 화제는 아내와 정부의 상대적 장점이었다.

"당연히 정부가 낫죠. 마누라의 경우 이혼하려면 법적 문제들이 얼마나 번거로운데요."

라고 변호사는 말했다.

"마누라가 낫습니다. 안심할 수 있어서 스트레스가 안 쌓이니까 건강에 좋거든요."

라고 의사는 말했다.

두 사람의 말을 가만히 듣고 있던 수학자가 말했다.

"두 분 다 틀렸어요. 둘 다 똑같이 있어야 해요. 아내는 내가 정부와 지내고 있다고 생각하고, 정부는 내가 아내와 함께 있다고 생각하는 시간에 나는 수학을 할 수 있거든요."

남과 여

성장 속도 : 여자는 17세에 이미 다 성장한다. 남자는 37세에도 오락과 만화에 빠져 허우적댄다.

외출 : 남자가 외출할 준비가 되었다고 하면 실제로 나갈 준비가 된 것이다. 여자가 준비가 되었다고 하면 실제로 씻기, 화장하기, 옷 고르기 등을 제외한 나머지가 끝났다는 것이다.

고양이 : 여자는 고양이를 좋아한다. 남자도 고양이를 좋아한다고 말한다. 그런데 여자가 안 볼 때는 고양이를 발로 찬다.

추억 : 결혼 후에 여자는 결혼식 날의 추억에 빠진다. 남자는 총각 시절의 그리움에 빠진다.

거울 : 남자는 우연히 거울 앞을 지날 때 자신의 모습을 본다. 여자는 반사되는 모든 물건(거울, 숟가락, 창문, 대머리…) 앞에서 자신의 모습을 보려 한다.

통화 : 남자는 중요한 약속이나 안부를 묻기 위해 가끔 전화를 사용한다. 여자는 하루 종일 같이 지낸 친구 사이에도 자기 전에 3시간 이상 통화한다.

방향 : 여자는 방향을 모를 때 주유소에서 물어본다. 남자는 방향을 모를 때 끝까지 헤매다가 기름이 떨어져서 주유소에 들르게 되면 물어본다.

살다 보면 묻고 싶어도 묻지 못하는 경우

1. 친구들과 술을 마시고 밤늦게 집에 들어와 이불 속에 들어갔
   는데 마누라가 '당신이에요?' 라고 묻더라.
   - 이 여자가 몰라서 묻는 걸까? 딴 놈이 있는 걸까??
2. 이제 곧 이사해야 하는데 집주인이란 작자가 와서는 3년 전
   이사 오던 때랑 똑같이 원상태로 회복시켜 놓고 나가란다.
   - 젠장~ 그 많은 바퀴벌레들을 어디서 잡아다가 놔야지??
3. 신이시여~ 정말 미래를 내다보는 지혜가 존경스럽습니다.
   - 어떻게 인간들이 안경을 만들어 낄 줄 알고 귀를 여기다 달
   아 놓으셨습니까?
4. 여자 친구에게 키스를 했더니 입술을 도둑맞았다고 흘겨본다.
   - 다시 입술을 돌려 주고 싶은데 순순히 받아 줄까?
5. 요즘 속셈학원이 많이 생겼는데 뭘 가르치겠다는
   - 속셈일까?
6. 하루밖에 못산다는 하루살이들은 도대체 밤이 되면
   - 잠을 자는 것일까? 죽는 것일까?

7. 참치 통조림을 따다가 손가락을 베었다.

　- 젠장~ 손가락 있는 사람도 이런데, 참치를 먹는다는 고래 나 상어는 도대체 어떻게 하는 걸까?

8. 대문 앞에다 크게 '개조심' 이라고 써 놓은 사람의 마음은

　- 조심하라는 선한 마음일까? 물려도 책임 못 진다는 고약한 마음일까?

9. 우리 마누라 외출한다고 눈화장에다 속눈썹까지 달고는

　- 선글라스는 왜 끼는 걸까?

10. 마흔도 안 돼서 얼마 남지 않은 머리카락에 심란한데 이발 소에 가니 이발사가 "어떻게 잘라 드릴까요?" 하고 음흉하게 쳐다본다.

　- 짜식~ 내 입에서 "파마해 주세요."라는 말이 나오길 바라는 걸까? 아님 "시원하게 다 뽑아 주세요."라는 말이 나오길 바라는 걸까?

뛰는 놈과 나는 놈

일반인 : 뛰는 놈 위에 나는 놈 있다.

신비주의자 : 뛰는 놈이 곧 나는 놈이다.

고대수학자 : 뛰는 놈의 발자국 간격은 2로 나누어 떨어질까?

현대수학자 : 글쎄다…, 국제 세미나를 열어봐야 알 수 있다.

아담 스미스 : 뛰는 놈과 나는 놈이 서로 분업한 게 틀림없다.

마르크스파 : 뛰는 놈은 나는 놈에게 착취당한다.

프로이트파 : 뛰는 것은 발기의 상징이요, 나는 것은 절정의 상
징이다.

라이트파 : 나는 놈은 우리가 처음이다.

안동 양반집 : 뛰는 놈이나 나는 놈이나 다 상놈이여!

주사파 : 뛸 때도 날 때도 모든 것을 주체적으로!

약장사 : 이 약 한 병만 먹어 봐, 뛰는 놈이 날 수 있어!

학생부 교사 : 복도에서 뛴 놈은 누구고, 자율학습 시간에 날아
버린 놈은 누구냐?

여자가 남자보다 탁월한 이유

1. 털이 없는 다리는 공기 역학적으로 우수하다.
2. 여자는 자식이 '남의 씨일까?' 하고 걱정할 필요가 없다.
3. 여자는 타이타닉 호에서 먼저 탈출한다.
4. 똑같이 미쳐도 여자는 오빠부대, 남자는 스토커다.
5. 여자의 눈물은 멍청한 경찰들에게 잘 통한다.
6. 여자는 남자보다 오래 산다.
7. 여자는 싼값에 빨리 술 취할 수 있다.

★ 8. 여자는 잠자리에서 남자보다 적은 운동량으로 오래, 그리고 여러 번 즐길 수 있다.

부부가 보는 해

1. 첫날밤을 지낸 신혼부부가 밤에 보는 해
   신부 : 만족해
   신랑 : 행복해

2. 한 달을 살고 난 밤에 보는 해
   신부 : 더 해
   신랑 : 고마해

3. 이제 중년에 접어든 부부가 밤에 보는 해
   신부 : 뭐 해
   신랑 : ~~~

통신용어? 섹스용어?

인터넷편

1. 세계 어느 곳에서 누군가가 분명히 하고 있다.
2. 일단 들어간 후에는 맘대로 휘젓고 다닐 수 있다.
3. 시간제로 빌려서 할 수 있는 데도 있다.
4. 개나 소나 다 한다고 난리다.

게시판편

1. 실수를 했으면 수정이 가능하다.
2. 빈 공간은 삽입이 가능하다.
3. 자기 것(?)을 보여 주고 싶어하는 사람들이 있다
4. 겉만 보고 들어갔는데 속은 영 아닌 경우가 많다.

자료 관련

1. 잘못하면 바이러스에 감염된다.
2. 긴 것일수록 다 받는데 인내가 필요하다.
3. 짧은 것은 빨리 끝나는 경향이 있다.
4. 얼마 전부터 불법에 대한 단속이 심해졌다.

동호회편

1. 발기가 필요하다.

2. 쓰기 권한이 없어서 못 쓸 경우 낭패를 보기도 한다.

3. 활동이 빈약할 경우 최악의 경우에는 짤린다.

4. 짤리면 다시 못 들어간다.

5. 자기가 들어간 곳을 주위 사람에게 추천하는 이상한 사람들
   도 있다.

섹스가 학교보다 좋은 이유

1. 모든 사람들은 섹스를 좋아하지만 학교는 모두가 싫어한다.
   - 단, 섹스를 해보지 못한 사람들은 학교를 좋아할 수도 있다.
2. 학교는 숨이 막혀 '학! 학!' 거리고,
   - 섹스는 숨이 차서 '섹! 섹!' 거린다.
3. 학교는 오직 주입식 교육과 암기만을 중요시 하는 반면,
   - 섹스는 주입시킴은 물론 운동(?) 등 실전을 중요하게 생각한다.
4. 학교를 끝내고 나면 엄청 독한 담배를 피워 골이 핑 도는 느낌이고,
   - 섹스는 끝나고 나면 달콤한 아이스크림이 몸 어디선가 녹은 느낌이다.
5. 학교는 시간표 따라 강제로 받지만,
   - 섹스는 원하는 만큼만 교습 받을 수 있다.
6. 학교 수업료는 고비용이지만 섹스는 학교보다 저비용이다.
   - 매춘부에게 지불하더라도 수업 내용(?)에 비하면 싼 편이다.
7. 학교는 피로의 원인이고,
   - 섹스는 피로를 풀어 준다.

2장

Oldies
But
Goodies

Humor

여자의 나이와 과일의 관계

1. 여자의 10대는 호도(?)

    - 아! 그거 까기가 되게 어렵네. 그래도 까먹으면 고소하다.

2. 여자의 20대는 밤(?)

    - 그래 이거야!! 까서 먹어도 되고, 삶아 먹어도 되네.

3. 여자의 30대는 수박(?)

    - 아니 칼만 들이대면 쩍 하고 갈라지네.

4. 여자의 40대는 석류(?)

    - 으잉!! 가만히 있어도 스스로 벌어지네.

5. 여자의 50대는 홍시(?)

    - 아니 빨리 따먹지 않으면 곧 떨어질 것 같네.

6. 여자의 60대는 토마토(?)

    - 쯧쯧!! 과일도 아닌 것이 과일인 척하네.

야한 닭 이야기

이름이 색골계라는 엄청난 수탉이 한 마리 있었다.

농장에 있는 암탉은 혼자서 다 건드리고 닭뿐 아니라 개도 건드리고 소도 돼지도 안 당한 동물이 없었다. 모든 동물이 경탄을 했고 주인 아저씨도 혀를 내둘렀다. 이제는 이웃 농장에까지 원정을 가서 위력을 과시하고, 새벽에 이슬을 맞고 초췌한 표정으로 집으로 돌아오곤 했다.

주인 아저씨는 걱정이 돼서 말했다.

"색골계야, 너무 밝히면 건강을 해친단다. 그러다가 오래 못 살까 걱정이구나. 젊은 시절에 정력을 아껴 두어야지. 그러다가 내 짝 난다."

그러나 색골계는 주인에게 말했다.

"아저씨, 괜찮아요. 제 방식대로 살겠어요."

그러던 어느 날 농장 뒤뜰에 색골계가 쓰러져 있었다. 숨은 쉬지만 눈을 감은 채 쭉 뻗어서 죽은 듯이 움직이지 않았다. 주인 아저씨는 놀라서 달려가며 외쳤다.

"아이구, 색골계야. 결국 이렇게 됐구나. 내 말을 안 듣더니, 이게 웬일이냐!"

그러나 색골계는 누운 채로 주인에게 말했다.

★ "쉿! 저리 가요. 지금 독수리를 기다리는 거예요."

남자의 나이와 불의 관계

1. 남자의 10대는 성냥불(?)

   - 봐!! 슬쩍 건드리기만 해도 활활 타오르네.

2. 남자의 20대는 장작불(?)

   - 그래!! 겉도 강한 화력인데다 그 근처도 뜨겁잖아!!

3. 남자의 30대는 연탄불(?)

   - 잘 봐!! 겉모습은 그래도 속은 은은한 화력을 자랑한다.

4. 남자의 40대는 화롯불(?)

   - 꺼진 불도 다시 보자!! 뒤적거려 보면 불씨가 살아 있잖아.

5. 남자의 50대는 담뱃불(?)

   - 미워도 다시 한 번!! 있는 힘껏 빨아야만 불이 붙네.

6. 남자의 60대는 반딧불(?)

   - 쯧쯧!! 불도 아닌 게 불인 척하고 있네.

학과별 파리 퇴치법

경찰학과 : 파리 중 어리숙한 놈을 생포한 뒤 이근안의 고문 기술을 전수시켜 돌려보낸다.

정치학과 : 파리 떼를 여당과 야당으로 편을 갈라 준다.

전자공학과 : 파리에게 휴대폰을 공짜로 나눠 준 다음 휴대전화 과다 사용에 따른 전자파 과잉노출을 유도한다.

유전공학과 : 유전자 변형 두부를 먹인다.

약학과 : 치사량만큼의 수면제를 먹인다.

화학과 : 속이 뒤집히는 화학조미료를 만들어 파리가 잘 다니는 골목에 대변 모양으로 쌓아둔다.

철학과 : '모든 파리는 결국 죽는다.'는 것을 계속 알린다.

수학과 : '뫼비우스의 띠' 위에 올려 놓고 평생 걷도록 한다.

무역학과 : 파리를 '정력제'라고 홍보한다.

미술학과 : 양동이에 진흙을 담아 응가인 줄 알고 달려들면 뒤에서 밀어 빠뜨린다.

사진학과 : 암파리를 꼬드긴 뒤 야한 사진을 찍어 주간지에 공개한다. 그 후 언론 플레이를 통해 암파리의 자살을 유도한다.

스타와 팬

스타1

어느 인기 연예인이 한 번은 술에 취해서 집에 왔는데 집 앞에서 팬들이 기다리고 있는 것이다. 팬들을 보고는,

"정말 미안해. 난 해준 게 하나도 없는데……."

라고 하더니 마침 마당에 어머니께서 널어 놓으신 고추를 팬들에게 던지며 말했다.

"이거라도 받아 줘! 내 마음이야~!"

그때 어머니가 나오셔서,

"너 뭐하는 거야? 얼른 안 주워!"

하셨다. 그러자 스타 하는 말.

"팬 여러분~, 같이 주워요!"

스타2

어느 인기 연예인이 가방을 메고 가는데 뒤에서 팬이 갑작스레 껴안자 하는 말,

"하지 마! 귤 터져!"

스타3

　어느 인기 연예인이 팬사인회를 하는데 종이를 받아들고 머뭇
거리자 팬은 날짜를 몰라 그러는 줄 알고,
　"9일이에요^^."
라고 말했다. 잠시 후 그 팬이 받은 사인에는 'to. 구일이에게~'
라고 적혀 있었다.

참새 시리즈

변태 포수가 참새를 잡을 생각은 않고 여대생 참새 밑에서 위(?)를 쳐다보고 있었다. 그런데 이상하게도 참새 50마리가 모두 노란 팬티를 입고 있는 것이었다. 호기심 많은 포수가 참새들에게 물었다.

"야! 너희들 왜 전부 노란 팬티만 입고 있냐?"

그러자 여대생 참새들이 이구동성으로 말했다.

"과 팬티인데요!"

그런데 자세히 보니 딱 한 마리만 파란 팬티를 입고 있었다.

"야! 넌 왜 파란 팬티야?"

파란 팬티 참새 왈,

"저는 과 대푠데요!"

그런데 과대표 뒤에 숨어 있던 참새는 아예 팬티를 입고 있지 않은 것이었다.

"얘! 넌 왜 노팬티야?"

그러자 노팬티 여대생 참새가 대답하기를,

"전 학회비 안 냈걸랑요."

박하사탕

사오정, 손오공, 저팔계가 함께 구멍가게에 들어갔다.

먼저 손오공이 50원을 내고 높은 선반 위에 있는 박하사탕을 달라고 했다.

주인은 밖에서 사다리를 가지고 왔다. 사다리를 타고 올라가서 박하사탕을 꺼내 주었다. 그리고 사다리를 제자리에 갖다 놨다.

이번에는 저팔계가 50원을 내면서 박하사탕을 달라고 말했다.

주인은 또 사다리를 가져와 박하사탕을 꺼냈다. 꾀가 난 주인은 사다리에서 내려오지 않고 내려다보며 사오정에게 물었다.

"너도 50원어치 박하사탕 줄까?"

사오정은 큰 소리로 싫다고 말했다.

주인은 안심하고 사다리를 갖다 놓고 왔다. 그리고 물었다.

"그러면 너는 뭘 살래?"

사오정이 기다렸다는 듯 대답했다.

"박하사탕 100원어치요!"

부인의 내조(?)

여자에게 뿌리기만 하면 바로 흥분해 남자를 유혹한다는 약을 파는 약국이 있었다.

장안에서 이름난 플레이보이가 그 약을 사러갔더니 남자 약사는 없고 그 아내가 약국을 지키고 있었다. 약사 아내가 약을 건네주자 엉큼한 마음에 약을 그녀에게 뿌렸다.

그러자 신통하게도 그 부인은 눈을 게슴츠레 뜨고 가쁜 숨을 몰아쉬며 플레이보이를 침실로 끌어들이는 게 아닌가?

어이구 끝내 주는 약이구먼!!

때마침 집에 돌아온 약사가 이 광경을 목격하고 화가 날 대로 나 아내를 다그쳤다. 부인은 태연하게 말했다.

★ "난 당신을 위해 그런 거라구요. 그 남자가 나에게 약을 뿌렸을 때, 내가 아무런 반응을 보이지 않고 있어 봐요. 그럼 당신이 조제한 그 약이 엉터리라는 게 들통나잖아요?"

어떻게 하면?

한 여고의 도덕 시간에 노처녀 선생님이 성 문화에 대해 강의했다.

"어떤 순간이라도 이성으로부터 달콤한 유혹을 받았을 때 들뜨지 말고 차분히 생각해야 합니다. 한순간의 쾌락을 위해 일생의 행복을 희생시켜도 좋은가 말이에요."

그러더니 선생은 돌아서서 칠판에 다음과 같은 글을 썼다.

'한 시간의 쾌락과 일생의 행복! 어느 것을 선택할 것인가?'

칠판의 글을 보자 한 여학생이 손을 번쩍 쳐들었다. 그 반에서 성숙하고 이쁜 학생이었다.

"그래, 뭐죠?"

★ "어떻게 하면 쾌락을 한 시간이나 지속시킬 수 있죠?"

오늘은 직접 받아야

정상적으로는 원하는 아기가 생기지 않아 한 여자가 인공수정을 하려고 병원을 찾았다.

여자는 수술대 위에 누웠다. 한참 그러고 있는데 의사가 들어왔다. 간호사는 한 명도 없이 의사만 들어오는 것이었다.

여자가 불안해 하고 있는데, 의사가 갑자기 바지를 벗기 시작했다.

바지를 벗는 의사의 모습을 보고 여자는 깜짝 놀라 소리쳤다.

"아니 선생님, 이게 무슨 망측한 짓이에요?"

그러자 여자에게 의사는 조용히 부드럽게 말했다.

★ "미안합니다, 부인. 실은 장만해 둔 물건이 다 떨어졌어요. 그러니 오늘은 부득이 직접 받아 가셔야겠습니다."

옷은 어디에 둘까요

강남에 변강쇠(?)라고 소문난 의사가 있었다.

그가 드디어 병원을 개업하게 되었다.

그 의사가 개업하고 가장 먼저 찾아온 환자는 어여쁜 처녀였다.

"검사를 받으려면 옷을 좀 벗어야 되겠는데요?"

"어머! 그래요? 그럼 선생님 불 좀 꺼 주세요."

잠시 후 옷을 벗은 처녀가 말했다.

"저 실내가 어두워서 그러는데 벗은 옷은 어디에 둘까요?"

그러자 변강쇠로 소문난 의사는 태연하게 말했다.

★ "내가 벗어 놓은 옷 위에 그냥 던져두세요!"

댁의 부인은 어떻습니까?

바람기가 다분히 있는 부인을 둔 한 남자가 지방에 장기 출장을 갔다가 걱정스런 마음으로 돌아왔다.

그는 자기가 살고 있는 아파트 수위에게 물었다.

"혹시 제가 출장간 사이 303호에 누구 찾아온 사람 없었죠? 특히 남자는?"

"없었는데요. 다만 피자 배달부가 삼일 전에 한 번 온 것밖에는요."

수위의 말을 듣자 남자는 안도의 한숨을 내쉬었다.

"휴우~ 그럼 다행이군요."

그러자 수위가 한숨을 내쉬면서 혼자말처럼 말했다.

★ "그 청년이 아직 안 내려왔어요."

그걸 아빠가 직접?

교외로 놀러간 한 부인이 큰 소를 끌고 가는 소년을 보고 그 소년에게 말했다.

"넌 그 소를 끌고 어디에 가는 거냐?"

"윗동네에 있는 소에게 교접을 붙이러 가요."

어린 소년의 입에서 아무렇지도 않게 교접이라는 말이 나오자 부인은 놀라며 그 소년에게 물었다.

"뭐라꼬? 그런 일은 네 아빠가 하지 않고?"

그러자 부인의 말에 소년이 무척 놀라며 말했다.

★ "아주머니도, 그걸 어떻게 아빠가 직접 해요?"

관계(?)도 관계 나름

산골에 살고 있는 한 소녀가 얼마 전에 군대를 간 애인에게 면회를 갔다.

그 처녀는 면회신청서를 작성하는데 '관계'라고 하는 란이 면회 신청서에 있었다.

산골에 살고 있는 순진한 처녀는 한참을 생각하다가 그 란에 이렇게 적었다.

'만난 지 7일째 되던 날.'

그 면회신청서를 받아본 군인은 화를 내며 처녀에게 말했다.

"아가씨, 지금 뭐하시는 겁니까? 관계란 다시 써 주세요."

순진한 처녀는 얼굴을 붉히면서 그 군인이 참 족집게다 싶어 썼던 것을 지우고 다시 이렇게 적었다.

'집에 놀러 왔을 때.'

그러자 군인은 더욱 화를 내며 소리를 질렀다.

"아실 만한 분이 왜 이러세요. 다시 쓰세요!"

기가 팍 죽은 처녀는 관계란에 다시 이렇게 솔직히 기록했다.

'딱 세 번.'

"아가씨 정말 왜 이래요? 자꾸 장난하실 거예요? 이러면 정말 면회하기 힘들어요!"

그러자 처녀는 거의 울상이 되어 딱 세 번이라 쓴 옆에 괄호를 만들어 다음과 같은 말을 덧붙였다.

'내가 위에서 한 것만.'

"으아악! 아가씨, 정말 이러실 거예요? 누구 도는 꼴 보고 싶어요?"

군인이 모자를 집어던지며 화를 내자 순진한 처녀는 울먹이며 그 군인에게 이렇게 말했다.

★ "아저씨! 전 정말 그이가 입대하고 난 후로는 한 번도 안했단 말이에요."

다시는 돌아오지 않을 멋진 첫날밤(?)

한 신혼부부가 결혼식을 끝내고 신혼여행지로 떠났다. 그리하여 신부가 그렇게 고대하던 첫날밤을 맞게 되었다.

그런데 조금 덜떨어진 신랑은 잠을 잘 생각을 않고 창문을 열고 고개를 내민 채 계속 밤하늘만 쳐다보고 있었다.

그래서 신부가 신랑에게 물었다.

"잠 안 잘 거예요?"

그러자 신랑은 여전히 창에 매달린 채 고개만 돌리고는 신부에게 이렇게 대답했다.

★ "아까 친구 녀석들이 오늘밤처럼 멋진 밤은 다시는 돌아오지 않을 거라고 말하더군. 그런데 아무리 봐도 아직 잘 모르겠어. 조금만 더 기다려 보자구."

면도는 잠자리 들기 전에 해요

출근하기 전에 면도를 마친 남편이 아내에게 이렇게 말했다.

"자기야, 면도를 하고 나면 난 항상 10살쯤 젊어진 것 같은 생각이 든단 말이야. 자기가 보기엔 어때? 그렇게 보이지 않아?"

그 말을 들은 아내가 대답했다.

★ "그렇다면 면도는 저녁 잠자리에 들기 전에 해요!"

웅녀가 되고파

사람이 되고 싶었던 곰은 하느님을 찾아갔다.

"하느님…, 사람이 되고 싶습니다. 사람이 될 수 있게 해주십시오."

그 간절한 부탁을 거절할 수 없었던 하느님은 곰에게 쑥과 마늘을 던져 주며,

"100일 동안 쑥과 마늘만을 먹고 견뎌야 한다."

라고 했다. 마늘과 쑥을 한아름 안고 동굴로 들어간 곰! 그리고 100일이 지났다.

곰은 부푼 가슴을 안고 다시 하느님을 찾아갔다.

"하느님, 100일 동안 쑥과 마늘만을 먹고 견뎠습니다. 어서 사람이 되게 해주십시오."

그러자 흐뭇한 미소를 지으며 하느님이 입을 열었다.

"자…, 너는 이제 냄새가 나지 않고 육질이 부드럽겠구나~."

5대양 6대주

　초등학교 1학년인 짱구는 5대양 6대주에 대해 알아오라는 숙제를 들고 고민하고 있었다. 마침 시골에서 올라오신 할아버지께서 그런 짱구를 불러 숙제를 도와 주겠다고 하신다.

　"5대양은 말이다. '김 양, 박 양, 윤 양, 서 양, 이 양' 이라고 쓰면 되고…, 6대주는 '맥주, 소주, 양주, 포도주, 동동주, 그리고 마지막 하나는 막걸리' 라고 쓰면 된다."
라고 하셨다.

　다음 날 짱구는 선생님께 혼나고 돌아왔다.

　그 모습을 본 할아버지… 곰곰이 생각하시더니 짱구에게 하시는 말씀.

　"아참, 내가 깜빡하고 탁주를 막걸리라고 적어 줬구나…."

촛불은 불안해

여섯 살짜리 아들을 둔 어느 부부.

형편이 어려워 단칸방 월세에서 살고 있었다.

그동안 아들 눈치만 보느라 몇 년간 잠자리에서 제대로 사랑 한 번 나누지 못하고 잠만 잤었는데 어느 날 묘안을 생각해 낸 남편이 부인에게 말했다.

"여보, 애가 정말 잠들었는지 촛불로 확인해 보자구. 촛불로 얼굴을 비춰서 눈을 찌푸리면 자는 척하는 거고, 가만히 있으면 정말 자는 거잖아."

부인도 만족해 하며 그날 밤부터 바로 확인해 보았다. 결과는 성공적이었다.

그렇게 몇 달이 흐른 뒤 어느 날 밤.

그날도 촛불로 확인해 보려는데 그만 실수로 촛농을 아들 얼굴 위에 떨어뜨리고 말았다. 그러자 아들이 벌떡 일어나며 하는 말.

★ "앗~ 뜨거! 내가 언젠가는 이럴 줄 알았어! >_<;"

부부싸움 5계명

1. 상대방의 특기와 주먹의 강도를 미리 알고 덤비니 이를 '지'라고 한다.
2. 때려서 피가 나는 곳을 두 번 때리지 않으니 이를 '선'이라 한다.
3. 싸움 도중에도 머리칼이나 의상이 흐트러지면 바로 고치는 것이니 이를 '미'라 한다.
4. 살림을 부숴도 값나가는 것은 차마 부수지 않으니 이를 '현'이라 한다.
5. 싸움 후 맞은 곳을 서로 주물러 주고 잔해 처리를 함께하는 것이니 이를 '의'라 한다.

두 명의 골초

두 명의 골초가 담배를 피우고 있었다.

"담배를 안 피우면 장수한다는 게 사실일까?"

"아냐, 단지 사람들이 그렇게 느끼는 것뿐이야."

"어째서? 네가 그걸 어떻게 알아?"

"사실 나도 그 얘길 듣고 시험 삼아 하루 끊어봤거든….'

그가 말끝을 흐리자 친구가 궁금하다며 대답을 재촉했다.

"그랬더니 하루가 얼마나 긴 지 정말 오래 사는 기분이 다 들더라니깐~!"

상담원

1. 7년 동안 기른 개를 잃어버렸습니다. 광고문을 붙이고 현상금을 걸어도 소식이 없는데 어떻게 하면 개를 찾을 수 있을까요?

   - 광고문에 '두 근 반 드림' 이라고 쓰십시오.

2. 26세의 백수건달입니다. 용하다는 점쟁이가 커다란 돈뭉치가 정면으로 달려들 운세라고 하더군요. 복권을 살까요, 아니면 경마장에 가볼까요?

   - 길을 건널 때 현금수송차를 조심하세요.

3. 일곱 살 먹은 아들이 좀처럼 말을 듣지 않습니다. 불러도 대답하지 않고 딴 짓만 합니다. 아이가 커서 뭐가 되려고 저절까요?

   - 웨이터나 동사무소 직원을 시키세요.

물의 깊이

차를 타고 가던 남자가 물을 만났다. 물의 깊이를 몰라 망설이던 남자는 옆에 있던 한 아이에게 물었다.

"애야, 저 도랑이 깊니?"

"아뇨, 아주 얕아요."

남자는 아이의 말을 믿고 그대로 차를 몰았다.

그러나 차는 물에 들어가자마자 깊이 빠져 버리고 말았다. 겨우 물에서 나온 남자는 아이에게 화를 냈다.

"이놈아! 깊지 않다더니 내 차가 통째로 가라앉았잖아! 어른을 놀려?"

그러자 아이는 고개를 갸우뚱거리며 말했다.

★ "어? 이상하다 아까는 오리 가슴밖에 안 찼는데…"

달리기

손오공 : 야! 달리기를 하는데 2등을 추월하면 몇 등이게?

사오정 : 당연히 1등이지!

손오공 : 실망했다. 2등을 추월하면 2등이지 1등이냐? 야, 이번
엔 잘해 봐.

사오정 : 알았어(잔뜩 긴장).

손오공 : 달리기를 하는데 꼴등을 추월했어! 그럼 몇 등이냐?

사오정 : 꼴등 다음이잖아~.

손오공 : 미치겠다. 어떻게 꼴등을 추월하냐? 하하하!

그놈의 양심냉장고가 슈퍼 주인을 잡네

　너무나 뼈에 사무치도록 양심냉장고에 한이 맺힌 슈퍼 주인이 있었다.

　한 손님이 그 슈퍼에 술을 사러 가서 술을 달라고 하자 슈퍼 주인은 주민등록증을 요구했다. 그리고 다음 날, 담배를 사자 다시 주민등록증을 요구했다. 손님은 법을 잘 지키는 슈퍼 주인이 대견해서 다음에도 그 슈퍼에 물건을 사러 갔다.

　손님은 주인에게 개밥을 내밀며 얼마냐고 물었다. 그러자 슈퍼 주인이,

　"개밥은 개가 있어야 팔 수 있습니다."

라고 말했다.

　손님은 술, 담배와 개밥은 다르지 않느냐고 항의를 해도 주인은 막무가내였다.

　화가 난 손님, 집으로 달려가 개를 끌고 와서 보여 주고 개밥을 샀다.

　얼마 후, 그 손님은 아내의 심부름으로 생리대를 사러 가니 이번에는 그 슈퍼 주인이 부인의 거시기를 보여 달라고 한다.

　화가 날 대로 난 손님!

"좋아! 너 여기 꼼짝 말고 가만히 있어!"

이렇게 말하고는 집으로 달려가 웬 검은 봉지를 하나 갖고 와서는 슈퍼 주인에게 내미는 것이었다. 놀란 슈퍼 주인은 그 손님에게 물었다.

"이게 뭐예요?"

"글쎄!! 한 번 넣어 봐!"

슈퍼 주인은 검은 봉지에 손을 넣다 그만 물컹한 기분이 좋지 않은 느낌에 손을 빼면서 외쳤다.

"앗! 똥이잖아!"

그러자 손님, 씩 웃으며 이렇게 말했다.

★ "이제 나, 화장지 사도 되지?"

오랜만에 참새 시리즈

　참새 두 마리가 전깃줄에 앉아 있었다.

　둘은 뭐가 그리 좋은지 쉴새없이 짹짹거리고 있었다.

　지나가던 포수가 이 광경을 목격했다.

　두 마리가 하도 꼭 붙어 있어서 한꺼번에 잡으려 했지만 조준이 잘 안 됐다.

　하는 수 없이 한 마리만 잡으려는데 자세히 보니 한 마리는 털이 하나도 없는 것이다.

　"어차피 먹을 거니까 이왕이면 털 없는 참새를 잡아야겠다."

　'타아앙!'

　옆에 있던 참새가 놀라 달아나면서 하는 말,

　★ "우쒸~! 겨우 벗겼는데…."

마귀는 지옥으로

어느 아주 무더운 여름 날.

신부와 수녀가 계곡을 걸어가고 있었는데 둘은 너무 더웠다.

참고 가다가 너무 더운 나머지 옷을 홀라당(?) 벗어버리고 계곡의 시원한 물 속으로 들어갔다.

신부와 수녀는 서로가 서로를 닦아 주기로 했다.

수녀가 신부를 닦아 주고 있을 때 신부의 그것이 그만! 서 버리고 말았다.

수녀는 물었다.

"이게 왜 이래요?"

그러자 신부는 자신이 마귀가 되어서 그렇다고 대답을 했다.

이제 신부의 차례가 되었다.

신부는 손으로 수녀를 닦다가 수녀의 그곳을 만지며 물었다.

"이곳은 어딥니까?"

그러자 수녀는 이곳은 지옥이라고 대답을 해 버렸다.

뜨겁게 달아오른 두 사람. 마침내 힘껏 외쳤다.

★ "마귀는 지옥으로!"

그 뒤론 기억이 없어요.

어느 날 같은 아파트 같은 동 17, 18, 19층에 살고 있던 3명의 남자가 동시에 죽어 저승으로 오게 되었다. 그들은 염라대왕 앞에서 서로 억울하다며 하소연을 늘어놓았다.

"아니, 제가 출장을 갔다 17층 내 집에 돌아오니 글쎄 현관에 내 신발도 아닌 다른 남자의 신발이 놓여 있지 않겠어요? 놀라서 침실문을 열었더니 아내 혼자더라구요. 화가 나서 구석구석을 다 뒤지는데 베란다에 웬 녀석의 손가락이 매달려 있는 게 아니겠어요? 화가 나서 그 녀석 손가락을 확 제쳐 떨어뜨렸죠. 그런데 이 녀석이 떨어지다가 정원에 있는 나무를 턱 붙잡잖아요? 분한 마음에 냉장고를 들고 나와 밑으로 냅다 집어던졌죠. 그런데 재수가 없으려니깐 냉장고 코드가 발에 걸려서 이렇게~ 그 자식은 죽어도 싸지만 전 너무 억울합니다."

18층에 사는 다른 남자가 이에 질세라 끼어들었다.

"제 말씀 좀 들어봐요. 저는 그냥 베란다에서 물청소를 하다가 발을 헛디뎌 그만 밖으로 떨어졌는데 간신히 17층 베란다 난간을 붙잡아 목숨을 부지했다고 좋아했건만 어떤 남자가 절 보더니 손가락을 홱 제치는 거예요. 결국 밑으로 떨어지다가 기적적으로 밑에 있는 나무를 붙잡았는데 바로 제 머리 위로 냉장고가 떨어진 거예요. 나 참!"

19층에 사는 남자가 은근 슬쩍 말을 꺼냈다.

"무슨 말씀을! 억울한 건 나예요! 그냥 쉬고 있는 나를 17층 여자가 전화를 걸어 남편이 먼 곳으로 출장을 가서 오늘밤은 안 온다고 유혹하기에, 그냥 재미만 보려고 했더니 갑자기 그 집 아저씨가 들어오잖아요. 너무 놀라서 급한 김에 냉장고에 숨었는데 그 뒤론 기억이 없어요."

앵무새 그리고…

어느 컴컴한 밤 아무도 없는 집에 도둑이 들었다.

그런데 갑자기 집 안쪽에서 말소리가 들렸다.

"난 봤다! 영구도 봤다!"

놀란 도둑이 조심조심 발길을 옮기려는데 또 소리가 들렸다.

"난 봤다! 영구도 봤다!"

그런데 소리만 들릴 뿐 아무런 기척이 없었다. 도둑이 소리 나는 쪽으로 전등을 비춰보니 앵무새 한 마리가 앉아 있었다.

"미친 놈의 새 같으니!"

도둑은 안도의 숨을 몰아쉬며 중얼거렸다.

앵무새는 여전히 재잘거렸다.

"난 봤다! 영구도 봤다!"

"시끄러!"

도둑은 소리를 지르고는 벽의 스위치를 눌러 불을 켰다.

그런데 불이 켜지자마자 흉악하게 생긴 불독 한 마리가 앵무새 둥지 옆에서 눈알을 부라리며 자기를 노려보고 있는 게 아닌가.

그때 앵무새가 소리쳤다.

★ "영구야, 물어!"

컴퓨터는 여성? 남성?

컴퓨터는 여성임에 틀림없다. 왜냐구?

1. 창조주를 제외하고는 그 누구도 그 깊은 속의 이론을 알 수 없다.
2. 매우 하찮은 실수까지 그의 메모리에 기억되어 나중에 영향을 끼침.
3. 컴퓨터끼리 하는 대화는 이해하기 힘들다.(여성들의 대화도 ^^)
4. 한 번 빠져들면 월급의 반은 그것의 액세서리를 추가로 구입하는 데 소요된다.

침 뱉는 오리(?)는 너무 싫어

어느 한적한 시골에 농장을 하는 한 가족이 살고 있었다.

아빠와 엄마, 그리고 나이 어린 딸 이렇게 세 식구가 살았다.

어느 날 저녁 어린 딸이 자다가 아빠의 거시기(?)를 호기심으로 만지며 놀았다. 아빠는 농장일이 너무 바빠 하루 종일 일을 했기에 너무나 피곤하여 잠에서 깨지 않았다.

딸은 신기한 나머지 자는 엄마를 깨워 물었다.

"엄마 이거 뭐야?"

"응 그거 아빠오리야."

"엄마, 이거 가지고 놀아도 되는 거야?"

"응 조심해서 가지고 놀아. 알았지?"

그런데 그만 다음 날 아빠는 병원 응급실에 실려갔다. 병원에 실려온 아빠의 모습을 본 의사는 황당한 표정을 지으며 부인에게 말했다.

"부인, 어젯밤에 얼마나 심하게 했으면 남편이 이 지경이 되도록 가만히 놔두었어요?"

부인은 놀라며 의사에게 말했다.

"저는 몰라요. 우리 딸에게 물어봐요."

의사는 딸에게 물었다. 어떻게 했냐고 그랬더니 딸이 말했다.

★ "오리를 가지고 노는데 이놈이 나에게 침을 툭 뱉어. 자꾸,
  그래 가지고 침 뱉는 오리가 너무 싫어 오리 모가지 비틀고
  오리 털 뽑고 오리 알 두 개 뺐어."

그럼 나 안해!

한 부자 노인이 있었다.

그런데 그 노인은 자식이 일찍 죽었기에 돈이 얼마가 들던지 어떻게 해서든지 자식을 가지겠다는 일념으로 병원을 찾았다. 그 노인은 정상적인 임신이 불가능했기에 인공수정을 해야만 애를 가질 수 있었다.

간호사 : 할아버지, 이 병에 정액을 담아 오세요.

할아버지 : 그려.

그러나 한참이 지나도 그 노인은 화장실에서 돌아오지 않았다. 그래서 기다리다 지친 간호사는 화장실로 갔다.

간호사 : 할아버지 아직 멀었어요??

할아버지 : (헉헉헉!! 신음소리를 내며) 윽, 오른팔에 힘이 다 빠졌어. 조금만 기다려.

잠시 후!

할아버지 : (여전히 헉헉거리며) 윽, 왼팔에 쥐났다!! 안 되겠어. 변기에 대고 두들겨야지!

간호사 : (이 말을 듣고 놀란 표정으로) 다치지 않게 조심하세요!

잠시 후!

할아버지 : (짜증난 목소리로) 포기했어. 간호사 아가씨가 좀 해 줘~. 이리 와~.

간호사 : (기겁을 하며) 안 돼요. 그것만은 할아버지가 직접 하 셔야 돼요.

할아버지 : (애원하는 목소리로) 제발 한 번만 비틀어 줘~!

간호사 : 안 돼요!

간호사가 단호하게 말하자 할아버지 왈,

★ 그럼 나 안해! 열리지도 않는 병이나 주고~!

엽기적인 초보운전 문구

1. 할아버지가 운전하고 있습니다. 삼천리 금수강산 무엇이 급하리~!
2. 초보운전! 세 시간째 직진중.
3. 왕초보! 밥하고 나왔어요!
4. 옆뒤 절대 안 봄. 주의) 우리 남편 화나면 강아지됩니다.
5. 원초적 초보운전! 충돌주의, 급제동주의, 수시로 시동 꺼짐, 좌우 백미러 무시, 경사로 밀림.
6. 백미러 안 보고 운전합니다. 옆으로 절대 오지 마세요.
7. 당황하면 후진해요.

그래도 모르겠어?

어떤 한 남자가 바에서 술을 시켜 놓고는 시무룩하게 앉아 있었다. 그 남자는 계속 한숨을 쉬었다. 웨이터는 그 모습을 보고 그 남자에게 물었다.

"손님, 뭐 좋지 않은 일이라도 있어요?"

"우리 동네에 정자은행이 새로 생겼는데 정자를 기증하는 사람에게 50만 원씩 준다고 그럽디다."

"오, 그래요? 그 일하고 손님하고 무슨 관계가 있다고?"

그러자 남자가 바텐더를 쳐다보며 말했다.

"그래도 모르겠어?"

★ "그 얼마나 많은 돈이 내 손가락 사이로 빠져 나갔는지 말예요?"

입에 있는 것은 그것(?)이 아닌가?

새로 생긴 정자은행에서 정자를 주는 사람에게는 돈을 준다는 광고를 냈다.

이 소식을 접한 남자들은 모두 정자은행 앞에서 줄을 서서 차례를 기다리는데, 아니 그 줄에 여자도 서 있는 게 아닌가?

잘못 알고 줄을 섰다는 것을 알려 주기 위해 은행 직원이 그녀에게 다가가 말했다.

"아가씨, 여기는 정자은행에 정자를 제공할 사람들이 선 줄입니다. 줄을 잘못 선 것 같네요."

★ 그러자 아가씨는 입을 꼭 다물고 말을 하는 대신 손으로 자기 볼을 가리켰다.

5천만 국민이 원하는 건?

실화라는 전설이 내려오는 이야기다.

어느 날 약간은 푼수 같은 모(?) 대통령이 수해 지역을 헬기를 타고 시찰하던 중이었다. 갑자기 모(?) 대통령은 재미있는 생각이 났는지 같이 탄 사람에게 말했다.

"내가 만약에 만 원을 떨어뜨리면 그 돈을 주운 사람은 정말 기뻐하겠지?"

아부로 잔뼈가 굵은 참모 한 명이 거들었다.

"만 원을 천 원짜리 10장으로 해서 떨어뜨리면 열 명이 기뻐할 것입니다."

그러자 아부에는 더 일가견이 있는 참모가 말했다.

"그것보다는 100원짜리로 바꿔서 떨어뜨리면 100명이 각하에게 감사하며 기뻐할 것입니다."

이렇게 아부에 아부를 계속하고 있는데 조종사 왈,

★ "만약 헬기를 추락시키면 5천만이 기뻐하고 춤을 추겠지?"

암탉의 죽음

닭들만이 모여서 사는 마을에 금실 좋은 닭 부부가 살았다.

그러던 어느 날 그렇게 금실이 좋았던 수탉이 암탉을 죽을 만큼 패서 내쫓으며 소리치는 것이었다.

"아니 이것이! 어디서 오리알을 낳아!"

그런 일이 있고 난 며칠 후 암탉이 죽은 채로 발견되었다.

동네 아줌마닭들은 모여서 수군거렸다.

"쯧쯧~ 아니, 며칠 전에 수탉이 암탉을 패더니 분명히 수탉이 죽였을 거야."

소문이 소문을 낳고 그 소문이 다시 소문을 낳아 닭들의 마을에 흉흉한 바람이 일었다. 그 마을의 촌장닭은 진상을 조사하기 위하여 수탉에게 물었다.

"수탉, 자네가 죽였나?"

그러자 수탉이 황당하다는 듯이 하는 말,

★ "뭐요? 저 혼자서 타조알 낳다가 죽었어요!"

엽기적인 너무나 엽기적인 아줌마

무척 색(?)을 밝히는 아줌마가 한 명 있었다.

묻지마 관광을 갔던 그 아줌마는 남자 파트너와 넘지 말아야 할 선(?)을 넘고 말았다.

그러나 이번에는 남편이 고용한 흥신소 직원들의 몰래카메라에 찍혀 남편에게 걸렸다. 결국 남편의 고소로 아줌마는 법정에 서게 되었다.

"피고는 국법을 어기고 다른 남자와 놀아난 사실이 있습니까?"

아줌마는 판사의 그 말에 놀란 표정으로 물었다.

"제가 국법을 어겨요?"

"그래요! 간통죄 말이에요. 간통죄! 외간 남자와 통하는 게, 법으로 금지됐다는 것도 몰라요?"

이 말 들은 아줌마, 어이없다는 표정을 지으며 말했다.

★ "저는, 제 몸을 나라에서 관리하는 줄은 꿈에도 몰랐어요!"

낙타의 용도

사하라 사막 한가운데에 위치한 어느 외인부대로 새로운 부대장이 부임해 왔다.

그런데 부임 이후 수시로 막사 주변을 시찰하던 부대장은 문득 한 가지 이상한 점을 발견했다. 항상 막사 뒤에 암낙타 한 마리가 묶여 있는 것이다.

하도 이상하여 하루는 부관에게 그 까닭을 물어보았다.

"저 낙타는 대체 뭔가?"

그러자 부관은 이렇게 대답했다.

"우리 병사들에게도 수시로 여자가 필요한 것 아닙니까? 그런데 이곳은 여자들이 있는 마을로부터 수십 마일이나 떨어져 있습니다. 성욕을 정 참을 수 없는 병사들에게 이 암낙타를 쓰도록 하고 있습니다."

부대장이 고개를 끄덕였다.

"아하, 그렇구먼!"

그로부터 약 2개월이 지나갔고, 급기야 부대장도 도저히 성욕을 참을 수 없는 지경에 이르렀다. 생각이 간절하던 부대장은 고민 끝에 결국 실행하기로 했다. 그래서 부관에게 잘 붙잡으라고 지시

한 뒤 그 암낙타를 이용했다.

　그 모습에 부관이 실실 웃음을 흘리자 부대장은 애써 아무렇지도 않은 표정을 지으며 말했다.

　"다들 그러면서 부대장이라고 이러지 말라는 법 있는가?"

　그러자 부관은 이렇게 말하는 것이었다.

　"대장님, 병사들은 여자를 찾으러 마을로 나갈 때만 이 낙타를 사용하는데요."

누구랑 얘기하는 거야

정말로 낚시를 무지무지하게 좋아하는 한 남자가 있었다. 그 남자는 주말만 되면 날씨가 어떻든 상관하지 않고 하루 종일 낚시를 다녔다.

어느 춥고 비 오는 새벽, 그 남자는 역시 강으로 낚시를 떠났다.

그러나 그날은 10년 만에 찾아온 혹한이라서 너무 추워 다시 집으로 들어왔다.

집으로 들어온 그 남자는 부인에게 미안해서 조심스럽게 침실로 들어와서 옷을 벗고 침대에 누웠다. 그리고 부인 옆으로 다가가서 속삭였다.

"오늘 날씨 정말 끔찍하다."

그러자 부인이 하는 말,

★ "그렇죠? 그런데도 멍청한 우리 남편은 오늘도 낚시를 갔다구요!"

세대 차이

흥겹게 CD를 듣고 있던 아들에게 아버지가 다가오더니 말했다.

"아들아, 뭐 하니?"

"아빠~ CD."

"누구 노랜데…, 아빠도 들어보게 좀 줘봐라."

"음, 아빠 '동방신기' 아세요? 중국에서도 인기 많은 그룹 있잖아요."

"아~ 그럼 알지. 아빠가 그렇게 구세대야? 어여 줘봐."

아빠는 얼른 이어폰을 귀에 꽂더니 자신 있는 목소리로 말했다.

"햐~ 노래 좋구나~ CD라서 음질도 좋고~ 좋다~!"

그렇게 몇 분 동안 노래를 들으시던 아빠가 CD를 꺼낸 다음 CD를 뒤집어서 다시 넣는 것이다.

"아빠 뭐하세요?"

그러자 아빠가 말했다.

"응? B면도 들어보려구~."

바람둥이의 고민

한 남자가 인상을 찡그리며 회사에 들어섰다. 그 모습을 본 동료가 그에게 물었다.

"자네 왜 그래? 무슨 일 있나?"

"편지가 왔는데, 자기 애인을 계속 만나면 죽일 거래."

"나 같으면 여자를 안 만나겠네."

★ "나도 그러고 싶어. 근데 누구 애인인지 알아야지? 이 편지는 보내는 사람 이름이 없잖아."

냄새 없는 방귀의 진실

한 남자가 있었다. 그 남자는 고민이 있었다. 방귀를 뀌면 이상하게도 소리만 크게 날 뿐 냄새가 전혀 나지 않는 것이었다. 이를 이상하게 여긴 남자는 병원에 갔다.

"선생님, 전 방귀를 뀌면 소리만 크고 냄새가 전혀 나지 않아요. 무슨 병이라도 있는 건 아닌지~."

"그럼 방귀가 나올 때까지 기다려 보죠."

시간이 좀 흐르자 큰 소리와 함께 방귀가 나왔다. 그러자 얼굴이 누렇게 변한 의사가 말했다.

★ "급히 코 수술부터 해야겠네요."

할머니의 승리

어느 노인 부부가 살고 있었는데 이들은 노년의 무료함을 달래기 위하여 매일매일 결투를 했다. 그런데 결과는 아직은 할아버지보다 정정한 할머니의 승리로 끝나는 것이었다.

할아버지는 어떻게든 죽기 전에 할머니에게 한 번 이겨 보는 게 소원이었기에 며칠을 궁리했다. 그래서 생각 끝에 할아버지는 할머니한테 숙명의 결투를 제의했다.

할아버지가 제시한 결투 내용 '오줌멀리싸기'였다.

결국 노인 부부는 오줌멀리싸기 결투를 하기 시작했다.

그런데 결과는 또 할아버지가 지고 말았다.

당연히 오줌멀리싸기라면 남자가 이겨야 하는데, 그래서 할아버지가 제안한 것인데 어떻게 할머니가 이겼을까? 그것은 시합 전 할머니의 단 한 마디의 조건 때문이었다.

★ "영감! 손대기 없시유~!"

그 남편에 그 아내

남편이 6개월간의 해외근무를 하다가 집에 돌아왔다. 그 부부는 그동안의 회포를 풀며 격정적으로 사랑을 나누는데, 갑자기 바람이 세차게 불어 현관문이 꽝 하며 닫혔다.

그러자 둘이 깜짝 놀라 일어서며 이렇게 말하고 말았다.

"당신 남편이 돌아왔나 봐!"

남편이 아내에게 이렇게 말하자 아내도 남편에게 말했다.

★ "아니에요, 그이는 외국에 가 있어요."

말과 수녀

수녀와 신부가 말을 타고 여행하고 있었다. 그런데 그들은 길을 잘못 접어들어 사막으로 가게 되었다.

사막 한가운데에서 갑자기 말은 힘이 빠져 쓰러졌다. 수녀와 신부는 내려서 말에게 응급조치를 취했지만 말은 결국 죽고 말았다.

두 사람은 텐트를 치고 햇빛을 피해 들어갔지만 아무도 없는 사막이라 구조를 받을 가능성은 희박했다.

두 사람은 기도를 계속했다. 그러다가 신부가 수녀에게 말했다.

"자매님, 아무래도 우린 여기서 생을 마감해야 할 것 같소. 내 마지막 소원이 있는데 당신의 벗은 몸을 볼 수 있겠소?"

수녀는 신부의 그 말에 망설였지만 이제 죽는 마당에 거절할 이유도 없을 것 같아서 옷을 벗었다. 그리고 말했다.

"신부님, 저도 남자의 벗은 몸을 한 번도 못 봤는데, 보여 줄 수 있으세요?"

신부가 옷을 벗자 수녀가 말했다.

"그 다리 사이에 있는 건 뭐죠?"

"아, 이거요? 이건 신이 주신 선물이오. 이걸 당신 몸에 넣으면 새 생명을 얻을 수 있다오."

그러면서 신부가 수녀에게 가까이 가자 순진한 수녀는 신부에게 이렇게 말했다.

★ "신부님, 저는 아직 괜찮아요. 저 말에게 넣어 주세요."

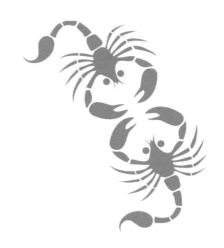

사용설명서

거만한 한 남자가 결혼상담소에 등록을 했다.

그리고 어느 날 여자를 만나게 되었다. 남자가 먼저 여자에게 말을 걸었다.

"저는 사업가입니다. 모든 물건을 살 땐 샘플을 먼저 받아 보지요. 결혼도 마찬가지입니다."

그러자 여자가 야한 책을 남자에게 주며 대답했다.

★ "저도 사업가예요. 샘플은 안 되고, 사용설명서를 드리지요."

그럼 그동안 바나나는 어디에 사용했어

독신녀 아파트에 사는 한 처녀가 아파트 내 과일가게에서 이것저것 사다 말고 바나나를 뚫어져라 바라보더니 조용히 바나나 두 개를 집어들었다.

과일가게 주인은 그 아가씨가 평소에도 자주 바나나를 사 갔지만 꼭 하나씩만 사 갔는데, 이번에는 두 개나 집기에 의아해 하며 그 처녀에게 물었다.

"아니! 두 개나 사가려구요?"

그러자, 그 처녀가 놀라며 하는 말.

★ "어머 아녜요! 하나는 먹을 거예요!!"

작지만 단단한 놈

어느 대학 선거에 실제로 있었던 일이다.

두 명이 경합을 벌이고 있었다.

한쪽은 여자, 한쪽은 남자가 후보였다. 그런데 남자 후보는 키가 무척 작았고 그에 비해 여성 후보는 키가 남자에 비해서도 많이 큰 편이라 남자 쪽이 심리적으로 위축돼 있는 상황이었다.

하지만 나폴레옹도 1백 60㎝의 작은 키로 세계를 제패했고 등소평도 1백 50㎝의 작은 키로 중국을 좌지우지하지 않았는가!!

우리 옛말에도 '작은 고추가 맵다.' 는 말이 있듯이!!

그래서 남자 후보측에서는 키 작은 점을 오히려 장점으로 삼아서 선거 전날 플래카드를 걸기로 했다.

"작지만 단단한 놈! ○○○!"

예쁜 색의 스티로폼에 색 테이프를 붙여 글자 한 자 한 자를 정성껏 만든 다음 야심한 저녁에 내일 학교에 오는 학생들에게 잘 보이라고 대학 건물 정면 꼭대기에 올라가 플래카드를 걸었다.

선거 결과 압도적으로 키가 작은 남자 후보가 당선됐다. 초반에 상당히 불리한 상황을 딛고 여자 후보가 유리했던 것을 대역전시

킨 것이었다. 그런데 대역전의 이유는 어디에 있었을까? 아무 일
도 없었는데~ 다만 전날 걸은 플래카드에는 슬로건 맨 첫 글자에
'ㄱ' 받침이 바람에 날려 온데간데없는 것 아닌가~.
　　아마도 이것이 대역전의 신화를 창조한 것이 아닐까?

　　★ "자지만 단단한 놈!"

명절 때 미운 사람

1. 가깝게 살면서도 늦게 오는 동서.
2. 형편 어렵다며 빈손으로 와서 갈 때 이것저것 싸가는 동서.
3. 한 시간이라도 빨리 가서 쉬고 싶은데 눈치 없이 고스톱, 포커 등을 계속 치는 남편.
4. 술 취했으면서도 안 취했다고 우기며 가는 손님 붙잡는 남편.
5. 시댁은 바로 갔다 오면서 친정에 일찍 와서 참견하는 시누이.
6. 잘 놀다가 꼭 부침개 부칠 때 와서 식용유 엎는 조카.
7. 며느리 친정 안 보내면서 시집간 딸은 빨리 오라고 하는 시어머니.
8. 시댁에는 20만 원, 처가댁에는 10만 원으로 차별하는 남편.
9. 늦게 와서는 아직도 일하고 있느냐며 큰소리를 치는 형님.
10. 집에 가려고 준비 다 했는데 '한 잔 더하자.' 며 술상 봐오라는 시아버지.

오징어 손과 다리 구별법

1. 오징어에게 '엎드려 뻗쳐'를 시킨다.
   → 이때 오징어가 앞쪽에 딛는 것은 손이고 뒤쪽으로 뻗은 것은 다리이다.

2. 오징어 얼굴에 낙서를 한다.
   → 오징어가 얼굴을 씻을 때 얼굴에 댄 것은 손이고 얼굴에 대지 않은 것은 다리이다.

3. 오징어를 위협한다.
   → 살려달라며 싹싹 비는 것은 손이고 무릎을 꿇은 것은 다리이다.

가을 고추가 빨간 이유

가을 고추밭에 고추를 따는 할머니가 계셨다.
지나가는 아이가 할머니에게 물었다.
"할머니, 고추는 왜 빨개요?"
"창피해서 빨갛지."
"왜 창피한데요?"
"고추를 내놓고 있으니 창피하지."
그 고추나무 위에 빨간 고추잠자리가 앉아 있었다.
그 아이는 다시 물었다.
"그럼 저 고추잠자리는 왜 빨개요?"
"부끄러우니까 빨갛지."
"왜 부끄러워요?"

★ "고추를 봤으니까 부끄럽지."

부인의 독기

중년부인이 의사를 찾아와 말했다.

"실은, 제 남편의 잠꼬대 때문에 찾아왔어요."

"그래요? 증세가 어떤가요?"

부인이 한숨을 내쉬며 말했다.

"요즘 들어 새벽에 귀가하는 날이 많은데, 그나마 잘 때 잠꼬대가 무척 심해졌어요."

"예, 그렇군요. 잠꼬대를 덜하게 하는 약을 처방해 드리겠습니다."

"아닙니다, 그게 아녜요."

"?"

부인이 독기를 품은 표정으로 말했다.

★ "무슨 소리를 지껄이는지 알아듣게끔 발음을 확실하게 해주는 약을 지어 주세요."

만약에

에덴 동산이 한국에 있었다면 인류는 원죄를 짓지도, 타락하지도 않았을 것이다.

일단 뱀이 이브를 유혹하기 전에 그녀가 뱀을 잡아 끓여서 아담에게 주었을 것이다.

그리고 설령 이브가 뱀의 유혹에 넘어갔다 하더라도 아담은 타락하지 않았을 것이다.

★ 한국 남자가 어디 여자 말 듣는 거 봤냐고요~!

입질과 미끼

낚시를 무척 좋아하는 남녀가 서로 눈이 맞아 결혼하게 되었다. 둘은 곧 신혼여행을 떠났고, 드디어 첫날밤 행사를 눈앞에 두고 다소곳이 침대 위에 누워 있었다.

그런데 이상한 일이었다. 나란히 침대 위로 올라온 신랑이 한참이 지나도록 꼼짝도 않고 있는 게 아닌가.

몸이 달아오를 대로 달아오른 신부가 참다못해 신랑에게 물었다.

"아니, 어째서 입질이 없는 거죠?"

그러자 신랑이 이렇게 대꾸를 했다.

★ "글쎄, 어두워서 미끼가 보여야 말이지."

어려운 질문

수술을 받고 마취에서 막 깨어난 여자가 머뭇거리며 젊은 의사에게 물었다.

"선생님, 얼마쯤 지나야 부부 관계를 가질 수 있을까요?"

그 말을 들은 경험이 별로 없어 보이는 젊은 의사는 얼굴이 빨개지며 더듬더듬 말했다.

★ "글쎄요~. 의학 서적을 들춰봐야겠는데요. 편도선 수술을 받은 환자로부터 이런 질문을 처음 받아 봐서요~!"

얼려서라도

마을에 혹한이 몰아쳤다.

어찌나 추운지 한 부인이 목욕탕에 다녀와 보니 둘둘 말아온 수건이 빳빳하게 얼어 있었다. 마침 남편도 목욕을 가려고 방문을 나서고 있었다.

순간 뭔가 떠오른 그 부인은 남편에게 말했다.

"여보, 지금 목욕 가는 길이죠?"

"그래, 왜?"

★ "기왕이면 돌아올 때 아랫도리는 벗고 오세요~."

쾌걸 조로의 봉변

옆집에서 자꾸 여자의 소리가 새어 나왔다.

"도와 주세요~. 누구 없어요~?"

바로 옆에 사는 남자는 잘못 들었나 했는데 다시 들려 왔다.

"도와 주세요~ 살려 주세요~!"

그 소리를 들은 남자는 119에 신고를 했다. 구조대원들이 와서 잠긴 문을 뜯고 방으로 들어가자 그곳에는 여자가 벌거벗고 침대에 묶여 있었고 하도 소리를 질러서 지칠 대로 지쳐 있었다.

구조대원들은 그 모습에 놀라서 여자에게 물었다.

"강도가 들어왔어요?"

여자는 다 죽어가는 목소리로 말했다.

"저 옷장~ 속에~."

그 말에 구조대원들이 옷장을 열자 그곳에는 아랫도리는 벗고 위는 쾌걸 조로 복장을 한 남자가 다리가 부러져서 처박혀 있었다.

여자가 구조대원들에게 설명한 사건의 내용은 다음과 같다.

★ "남편이 저를 침대에 묶어 놓고 옷장 위에 올라가서 침대로 뛰어내리려고 했는데 옷장 윗부분이 무너지면서 남편 다리가 부러졌어요."

귀여운 아가씨

한 남자가 하루는 조각공원에서 나이도 어려 보이는 귀여운 아 가씨를 만났다.

그들은 대화를 몇 차례 나누자 금방 친해졌다.

조각상 뒤에서 입술을 요구하자 아가씨는 부끄러워하면서도 그 남자에게 해 주었다.

그것에 이어서 그 남자가 호텔에 가자고 하자, 아가씨는 부끄러 운 듯하면서도 머리를 끄덕였다. 침대에서의 상황도 아주 좋았다. 기분이 좋아진 그 남자가 언뜻 아가씨를 보니 아가씨는 매우 불안 한 얼굴을 하고 있었다.

남자는 양심의 가책을 느끼며 여자에게 말했다.

"미안, 지금까지 얘기하지 않았는데, 난 부인도 있고 아이도 있 어~."

그러자 아가씨는 눈을 번쩍 치켜뜨더니 말했다.

★ "어머, 제가 걱정하고 있는 것은 언제 돈을 줄까라는 생각이 에요."

봐, 너도 아프지

젊은 날 바람 잘 날 없이 바람을 피운 변강쇠 할아버지가 죽자 슬픔에 잠긴 자식들은 세상에서 가장 좋은 관에 할아버지의 시신을 모시려고 했다.

그러나 자식들의 바람과는 달리 변강쇠 할아버지의 거대한 거시기(?) 때문에 관 뚜껑을 닫을 방법이 없었다.

이 문제로 고민하는 장의사에게 할머니가 몰래 지시했다. '변강쇠 할아버지의 거시기를 싹둑 잘라서 할아버지의 똥꼬에 꽂고는 관을 닫아버리라는 것'이었다.

다음 날, 변강쇠 할아버지를 떠나보내며 가족들이 관을 잡고 오열을 하기 시작했다.

그러나 할머니는 평온한 미소로 할아버지의 관에 대고 낮게 속삭이시기를,

★ "봐! 너도 아프지?"

단군신화

초등학교 국어 시간에 선생님이 건국 신화에 대해 얘기했다.

"여러분, 우리나라의 건국 신화에 대한 얘기를 해 줄게요. 하느님의 아들인 환인에게 곰과 호랑이가 사람이 되게 해달라고 찾아왔는데…."

여기까지 얘기를 했는데 학생 중 하나가 갑자기 손을 들더니 이렇게 말했다.

★ "선생님, 그런 건 다 알아요. 곰과 호랑이 중에 누가 여자가 됐는지두요. 저희가 궁금한 건 어떻게 해서 단군이 만들어졌는지… 바로 그거라구요!"

슈퍼맨과 배트맨의 대화

볼 때마다 팔짱을 끼고 폼 잡는 슈퍼맨을 은근히 얄미워하던 배트맨.

어느 날 우연히 길에서 슈퍼맨과 마주쳤다. 이번에도 녀석은 팔짱을 끼고서 할 일도 없이 주위를 살펴보고 있었다.

배트맨은 저벅저벅 슈퍼맨에게 걸어가서 물었다.

"슈퍼맨, 너는 왜 매일 팔짱만 끼고 있는 거냐?"

그러자 슈퍼맨이 시비를 거는 배트맨을 쳐다보며 이렇게 답했다.

"내 바지에 주머니가 없어서 그런다, 왜?"

그 말에 배트맨은 잠시 뜸을 들이다가 깔깔거리며 슈퍼맨에게 말했다.

★ "야! 바지 위에 팬티를 입으니깐 그렇지!"

거북이의 비밀

　어느 날 토끼가 거북이에게 달리기 시합을 벌이자고 제안했다. 경기가 시작되었고, 토끼는 옛날의 실수를 범하지 않기 위해 쉬지 않고 정말 부지런히 달렸다. 그런데 이게 어떻게 된 일인가! 결승점에는 이미 거북이가 도착해 기다리고 있는 게 아닌가.

　"아니, 대체 이게 어떻게 된 일인지?"

　토끼가 도무지 못 믿겠다는 표정을 짓자 거북이는 이렇게 말해주었다.

　★ "사실, 난 닌자 거북이야."

아들의 역공

아들이 날마다 학교도 빼먹고 놀러만 다니는 망나니짓을 하자 하루는 아버지가 아들을 불러 놓고 무섭게 꾸짖으며 말했다.

"에이브러햄 링컨이 네 나이였을 때 뭘 했는지 아니?"

아들이 너무도 태연히 대답했다.

"몰라요."

그러자 아버지는 훈계하듯 말했다.

"집에서 쉴 틈 없이 공부하고 연구했단다."

그러자 아들이 대꾸했다.

★ "아, 그 사람 나도 알아요. 아버지 나이였을 땐 대통령이었잖아요?"

군인정신

무지하게 졸리는 수학 시간이 시작되었다.

수학 선생님이 출석부를 뒤지더니 지난 시간에 결석했던 학생을 불렀다.

"너! 지난 시간에 왜 결석했나?"

"예, 제가… 가… 감기에 걸려서요."

"(발끈하시며) 뭐, 감기? 야! 이 녀석아, 감기가 병이야? 허참 어이가 없네. 요즘 애들은 키만 멀대같이 컸지 비실비실해 가지고…. 이래서 애들한테 군인정신을 심어 줘야 해. 너! 군인정신이 뭔지 알아?"

"모… 모르겠는데요."

★ "알 리가 없지. 군인정신이 있는 녀석이 이러겠어? 너 똑똑히 들어. 내가 군인정신에 대해서 지금부터 말하겠다. 내가 군대에 있을 땐 말야! 아무리 아파도 단 하루도 출근을 거른 적이 없었다. 이것이 바로 군인정신이다!"

경상도 아버지의 시간

- 30분 후에 집에 오실 때
  나 : 아버지 언제 들어오세요?
  아버지 : 지금 드가.

- 1시간 후에 집에 오실 때
  나 : 아버지 언제 들어오세요?
  아버지 : 금방 드가.

- 1시간 넘게 걸려 집에 오실 때
  나 : 아버지 언제 들어오세요?
  아버지 : 좀 이따 드가.

- 언제 들어오실지 기약이 없을 때
  나 : 아버지 언제 들어오세요?
  아버지 : 니들 먼저 밥머!

현상

초등학교 4학년 3반 선생님은 아이들에게 자연 문제를 내고 있었다.

"갑자기 비둘기 수십 마리가 떼를 지어 날아가다가 수직으로 땅에 떨어져 죽었습니다. 이것을 무슨 현상이라고 할까요?"

아이들은 손을 들어 자신들의 의견을 발표했다.

"만유인력 집결 현상입니다."

"자유낙하 현상입니다."

★ "모두 틀렸습니다. 정답은 극히 보기 드문 현상입니다."

선택

어느 부잣집에서 파티가 열렸다.

손님들을 초청한 미모의 안주인이 한 남자 손님에게 펀치 한 잔을 내주면서 말했다.

"이거 한잔 드셔보시겠어요? 약간의 알코올을 탄 것이에요."

손님은 흔쾌히 받아 마셨다. 그런데 안주인이 이번에는 그 옆에 있던 목사에게도 한잔 권하자 목사가 대뜸 이렇게 소리쳤다.

"아니, 나더러 술을 입에 대라고? 그럴 바에야 차라리 간통을 하고 말겠소!"

그 말에 먼저 펀치를 받아든 손님이 펀치를 바닥에 쏟아버리면서 말했다.

★ "사모님, 죄송합니다만… 전 그 두 가지 중 하나를 선택하라는 것인 줄 몰랐습니다."

이때가 기회

진찰을 마치고 난 의사가 여자 환자에게 주의사항을 일러 주었다.

"자, 내가 하는 얘기를 잊으면 안 됩니다. 규칙적으로 목욕을 하셔야 하고 맑은 공기를 많이 마셔야 하고, 옷은 따뜻하게 입으셔야 합니다."

그날 저녁 남편이 그 여자에게 진찰 결과를 물었더니 한다는 소리.

"의사가 그러는데요. 정말 조심해야 한대요. 지중해에 가서 수영을 해야 하고, 알프스에 가서 휴양도 해야 하고, 즉시 겨울 코트 한 벌을 사 입어야 한대요!"

경로석 의미

지하철 경로석에 앉아 있던 아가씨가 할아버지가 타는 것을 보고 눈을 감고 자는 척을 했다.

깐깐하게 생긴 할아버지는 아가씨의 어깨를 흔들면서 말했다.

"아가씨, 여기는 노약자와 장애인 지정석이라는 거 몰라?"

"저도 돈 내고 탔는데 왜 그러세요?"

아가씨가 신경질적으로 말하자 할아버지가 되받았다.

★ "여긴 돈 안 내고 타는 사람이 앉는 자리야."

가정통신문

유치원에서 아이가 가져온 가정통신문을 열심히 본 아빠.

종이와 펜을 가져와서 선생님께 편지를 쓴다.

'우리가 아이를 처음 유치원에 보낼 때는 근심 반 걱정 반이었습니다. 그런데 지금은….'

그런데 이게 웬일?

아빠의 편지를 더듬더듬 훔쳐보던 아이가 갑자기 울음을 터뜨리는 것이다.

"앙앙~~ 아빠 미워! 아빠 미워!"

당황한 아빠는 아이에게 우는 이유를 물었고 아이는 이렇게 대답했다.

★ "아빠 아직 내가 무슨 반인지도 모르잖아! 난 달님반인데 근심반, 걱정반이라구 하구…, 우리 유치원엔 그런 반은 있지두 않단 말야! 앙앙~~!"

커닝

어느 학교의 시험 문제로 '셰익스피어 작품 중 한 가지만 쓰시오.' 라는 것이 있었다.

민수는 답안지에 '베니스의 상인' 이라고 썼다.

그러자 그 옆에 앉은 칠득이는 그것을 잘못 베껴서 '페니스의 상인' 이라고 썼다.

칠득이 옆에 앉은 맹구는 몹시 고민이 되었다.

칠득이의 답안을 그대로 베꼈다가는 자칫 커닝한 사실이 들통날까 두려웠던 것이다.

그래서 맹구는 다음과 같이 썼다.

★ '고추장수'

바이브레이터

어떤 노처녀는 대단한 독신주의자였다. 그녀에게 남자란 귀찮고 이기적인 동물에 불과했다. 그녀에게는 단지 성적 충동을 해결해 줄 '바이브레이터' 하나만 있으면 그만이었다.

그녀의 아버지가 설득에 나섰다. 딸이 결혼하여 외손주를 안아보는 게 소원이었지만 그녀는 도무지 막무가내였다.

"전 결혼할 생각이 없어요. 학벌도 좋고 안정적인 직장도 있어서 경제적으로도 독립한 상태예요. 더 이상 뭘 바라겠어요?"

딸은 그렇게 쏘아붙이고 문을 쾅 닫고 나가버렸다.

그날 밤, 그녀는 거실 소파에서 자신의 '바이브레이터'를 한 손에 들고 술을 마시는 아버지를 발견했다.

"아, 아버지, 대체 지금 무얼 하시는 거예요?"

그러자 그녀의 아버지는 이렇게 되받아쳤다.

★ "내 사위랑 술 한잔 하고 있다! 왜?"

점수가 낮은 이유

  멍청한 아들 맹구의 시험 성적에 대해 부모님들이 대화를 나
눈다.

  아빠 : 맹구의 역사 시험 성적은 어떻소?

  엄마 : 별로 좋지 않아요. 하지만 그 아이의 잘못은 아니죠. 글쎄
  　　　시험에 온통 그 아이가 태어나기 전에 일어난 일들에 관
  　　　해서 나왔거든요!

유일한 신하

옛날 어느 왕국에 색을 무척 밝히는 왕비가 있었다. 그 정도가 어찌나 심한지 궁 안의 신하들은 한 명도 **빼놓지** 않고 건드릴 정도였다.

그러던 어느 날 왕이 먼 지방으로 출정을 가게 되었다.

왕은 왕비의 색욕이 적잖이 걱정되었다. 그래서 왕비의 가운데에다 침입하면 잘리게 하는 특수 장치를 장착해 놓고 궁을 떠났다. 그리고 한 달 뒤 여행지에서 돌아와서는 신하들의 물건부터 살펴보았다.

아니나다를까. 신하들의 물건은 죄다 잘려 있었고, 유독 한 명의 신하만 물건을 고이 간직하고 있었다.

왕이 그를 기특히 여기며 말했다.

"너만은 왕비의 유혹을 물리쳤구나. 내 너에게 큰 벼슬을 내릴 것이다!"

이에 그 신하가 머리를 조아리며 하는 말.

★ "갸ㅁ샤햐ㅁ니다…!"

초보의사

병원에서 맹장수술을 하기 직전에 탈출을 하다 잡힌 환자가 있었다.

"아니 아저씨, 수술하시기 직전에 도망을 치시면 어떻게 해요?"

"당신도 그런 말을 들어봐요. 도망을 안 칠 수가 있는가요."

"무슨 말을 들었는데 그래요?"

"글쎄, 간호사가 이런 말을 하잖아요. '맹장 수술은 간단한 것이니까 너무 염려하지 말아요.' 라구요."

"그런 말이야 당연한 것 아니에요?"

★ "나한테 한 말이 아니라 의사한테 한 말이에요."

의사의 분노

외과의사인 짐은 누구보다 안전띠 착용을 권장하는 사람으로 많은 강연회를 가졌다.

"여러분, 안전띠를 매지 않는다는 것은 이미 목숨의 50%를 내놓은 것이나 다름이 없습니다."

그러던 어느 날 심한 외상을 입은 환자가 응급실에 실려 왔다.

"안전띠를 착용했었나요?"

"아니오."

그 환자를 자세히 본 의사는 너무나 화가 났다. 그 환자는 얼마 전 자신의 강연회를 듣고 갔던 사람이기 때문이다.

"안전띠만 착용했으면 이렇게 다치지는 않았을 것 아닙니까?"

★ "선생님, 저는 자전거를 타다가 다쳤어요."

콩쥐와 황소

팥쥐와 새엄마는 궁궐 만찬회에 가면서 산더미 같은 빨래와 낡은 호미 한 자루를 주면서 콩쥐에게 말했다.

"너도 만찬회에 가고 싶으면 빨래와 재 너머 밭을 모두 매어 놓고 오너라."

빨래를 마치고 밭일을 시작한 지 얼마 지나지 않아 그만 호미자루가 부러져버렸다.

눈앞이 캄캄해진 콩쥐 앞에 '펑' 소리와 함께 황소 한 마리가 나타났다.

"콩쥐님, 제가 도와 드릴 테니 염려 마세요."

콩쥐는 집에 가서 옷을 갈아입고 밭일이 다 끝났으려니 생각하며 밭으로 와 보았다. 그러나 밭은 그대로이고 황소가 콩쥐에게 하는 말.

★ "콩쥐님! 호미 다~ 고쳤습니다. 여기 받으세요~~."

레스토랑에서

두 연인이 레스토랑에서 식사를 했다.

식사를 하는 도중에 남자의 손이 테이블 건너편 여자의 스커트 속으로 들어왔다.

여자는 작은 소리로 속삭였다.

"안 돼요, 누가 봐요."

"아무도 안 봐."

사정이야 어쨌든 남자의 손은 점점 침입해 왔고, 결국 깊숙한 곳까지 당도했다.

식사가 끝나갈 무렵 웨이터가 핑거볼을 가져오면서 연인에게 말했다.

"여기 있습니다. 손을 씻어 주십시오."

그러자 여자는 귀밑까지 빨개져서 말했다.

★ "거봐요, 역시 봤나 봐요."

그럼 내 아내도

어느 날 남편이 퇴근하여 집에 씩씩거리며 들어왔다. 그의 아내가 남편의 그런 모습을 쳐다보며 물었다.

"무슨 일이 있었어요?"

"아파트 관리인 놈하고 싸웠어!"

"왜요?"

"아~ 그 자식이 이 아파트의 아줌마란 아줌마는 딱 한 사람만 빼고 전부 자기하고 관계를 맺었다고 잘난 체를 하는 거야! 글쎄!"

★ "음, 그래요! 아마 그 한 사람은 3층에 사는 그 잘난 체하는 똘똘이 엄마일 거예요!"

어떤 팬클럽

친구가 병원에 입원했다는 얘기를 들은 한 남자가 병문안을 갔다.

그런데, 친구의 병실에 들어서자 많은 간호사들이 그 병실을 들락거리며 그 친구를 보살펴 주는 것이었다.

그 광경이 너무 이상하여 친구에게 물었다.

"여보게, 이 많은 간호사들은 어떻게 된 거지?"

그러자 환자인 친구 왈,

★ "별거 아냐. 내가 어제 포경수술을 했는데, 꿰매는데 30바늘이 들었다는 걸 듣고는, 간호사들이 팬클럽을 결성했거든."

웬 메뉴??

도를 닦고 있는 사람 앞에 굉장한 미인이 지나갔다.

도인이 말했다.

"오! 저런 미인을 본 적이 있나? 보라고! 저 검은 눈동자, 풍만한 가슴, 가는 허리, 정말 멋져!"

이렇게 말하자 동네 사람들이 한마디씩 거들었다.

"아니? 도를 닦고 있는 사람도 여자를 탐합니까?"

★ "이봐요, 단식한다고 메뉴를 보지 말라는 법 있소?"

커피의 위력

한 남자가 레스토랑에서 커피를 시켰다.

종업원 아가씨가 커피를 가져오다가 그만 실수로 남자의 사타구니 부분에 커피를 엎지르고 말았다.

종업원이 놀라서 휴지로 그 부분(?)을 닦자 남자의 거시기(?)가 순식간에 커지기 시작했다. 남자는 종업원에게 말했다.

"아, 괜찮아요. 그런데 이 커피 카페인이 있는 건가요, 없는 건가요?"

"카페인 있는 커피예요."

남자가 상심한 표정으로 말했다.

★ "저런, 이제 이놈이 밤새 잠 못 자고 서 있겠구먼."

3장

Rest
Time

Humor

꼬마와 처녀 여선생

처녀 여선생이 수학 문제를 내고 있었다.

"전깃줄에 참새가 다섯 마리 앉아 있는데 포수가 총을 쏴서 한 마리를 맞추면 몇 마리가 남지?"

꼬마가 대답했다.

"한 마리도 없어요! 다 도망갔으니까요."

"정답은 네 마리란다. 하지만 네 생각도 일리가 있는걸?"

영리한 꼬마는 자존심이 상했는지 여선생에게 반격했다.

"선생님, 세 여자가 아이스크림을 먹고 있는데 한 명은 핥아먹고, 한 명은 깨물어 먹고, 다른 한 명은 빨아먹고 있어요. 어떤 여자가 결혼한 여자일까요?"

얼굴이 빨개진 여선생이 대답했다.

"아마 빨아먹는 여자가 아닐까?"

★ "틀렸어요. 정답은 결혼반지를 낀 여자예요. 하지만 선생님의 생각도 일리가 있네요."

아프리카 왕의 청혼

은행장의 여비서가 VIP 고객인 '아프리카 왕'을 모시고 은행 이곳저곳을 안내하게 되었다.

그런데 비서의 미모에 한눈에 가 버린 왕이 그만 비서에게 넬름 청혼을 했다.

순간, 비서는 상당히 당황했지만 절대로 '왕'의 면전에서 부탁을 거절하지 말라는 은행장의 지시도 있고 해서, 세련되게 거절할 방법을 궁리했다.

"좋아요! 그 대신 3가지 조건이 있어요!"

흐뭇하게 쳐다보는 왕을 보며, 비서가 요구 조건을 말했다.

"먼저, 결혼반지는 다이아몬드로 100캐럿은 넘어야 해요!"

왕은 가소롭다는 듯이 웃으며, 비서에게 더 큰 걸로 사 주겠다고 말한다.

약간 놀란 비서는 두 번째 조건을 말했다.

"두 번째로는 방이 100개가 넘는 초호화 맨션을 지어 주시고, 프랑스에 고성 하나를 별장으로 준비해 주셔야 해요!"

이번엔 약간 고민을 하던 왕은 이내 휴대폰으로 뭔가를 열심히 통화하더니, 이번 조건도 들어 주겠다는 것이었다.

왕과 결혼할 마음이 없는 예쁜 비서의 마지막 비장의 카드!

여비서는 눈을 흘기며 말했다.

"좋아요. 마지막으로 전 남자의 거시기가 30센티가 아니면 절대로 결혼할 수 없어요!"

갑자기 왕의 얼굴이 하얗게 질리며 안절부절못하는 것이었다.

한참 뒤, 왕이 땀을 뻘뻘 흘리며 끔찍하게 예쁜 비서에게 대답하기를,

★ "씨! 짜르면 될 거 아냐?"

총 소리

젊은 여자에게 새장가를 든 나이 지긋한 농부가 하루는 성 상담소에 찾아와 고민을 토로했다.

농부 : 젊은 여자랑 살려니까 힘들어요. 일을 하다가 그 마음이 생기면 바쁘게 집에 가는데 도착하기도 전에 힘이 다 빠져버려서….

상담원 : 저런! 음…, 그럼 이렇게 한번 해보시지요?

농부 : 어떻게요?

상담원 : 아내를 들로 부르는 겁니다.

농부 : 에끼~ 여보슈! 아내를 부르려면 내가 집으로 가야잖소!

상담원 : 새 쫓는 총을 가지고 나가서 생각이 날 때마다 쏘세요. 그 총소리를 듣고 아내가 달려오게 하면 되잖아요.

농부 : 햐~ 그것 참, 기가 막힌 생각이군요!

한 달 후, 농부의 근황이 궁금해진 상담원이 농부 집에 전화를 해서 물었다.

상담원 : 요즘, 부인이랑 사랑 많이 나누십니까?

농부 : (숨이 찬 듯 급하게) 아이구, 말도 마슈! 요즘 사냥철이

아닙니까? 사냥꾼들이 여기서도 탕! 저기서도 탕! 탕! 그 때마다 여편네가 행방불명이 되는 바람에 죽어라고 찾아 다니고 있소!

응응응 이야기

어느 나무꾼이 산 속에서 길을 가고 있는데 저쪽에서 한 여자가 목욕을 하는 것이 보였다. 혹시 선녀일지도 모른다는 기대에 다가가서 보니 꼬부랑 할머니였다.

실망하고 돌아서는 나무꾼. 그런데 그 할머니가 부른다.

할머니 : 총각! 내 말 좀 들어봐.

나무꾼 : 뭔데요?

할머니 : 난 사실 선녀예요. 그런데 옥황상제의 노여움을 사서 이렇게 됐어요. 그렇지만 당신과 응응응을 하면 하는 도중에 난 다시 선녀로 변하게 될 거예요. 저 좀 도와주세요. 평생 당신만 섬기고 살겠어요.

이 말을 들은 나무꾼은 침을 질질 흘리며 생각한다.

'아, 이게 웬 떡?'

나무꾼은 있는 힘을 다해 선녀와 응응응을 한다.

나무꾼 : (가쁜 숨을 몰아쉬며) 아니 왜 아직도 안 변해요?

할머니 : 총각은 몇 살인가?

나무꾼 : 스물일곱 살인데요.

할머니 : 그 나이에 아직도 선녀가 있다는 걸 믿어?

미국판 부창부수

미국에 살고 있는 어떤 한 부부가 농장을 찾게 되었다. 남편이 다른 곳에 간 동안 아내가 닭장을 보게 되었다.

마침, 오고 있는 닭장 관리인에게 물었다.

"수탉은 며칠에 한 번씩 관계를 하죠?"

"며칠에 한 번이라니요? 이놈은 하루에 열두 번씩도 한답니다."

"그래요? 그럼 남편이 오거든 그 얘기를 꼭 해주세요."

잠시 후에 남편이 오자, 닭장 관리인은 그 이야기를 남편에게 해주었다. 그러자 남편이 물었다.

"그럼 같은 암탉과 계속해요?"

"아니죠, 할 때마다 다른 암탉이에요."

그러자 남편이 하는 말,

★ "아내에게 그 얘기 좀 해줘요."

커지는 월급

저녁 퇴근길, 만원인 지하철 안.

아까부터 자꾸 남자의 그것으로 맹순이의 엉덩이를 쿡쿡 치는 치한이 있었다.

참다못한 맹순이가 치한을 돌아보며 경고했다.

"야! 어디다 뭘 갖다대는 거야!"

그러자 남자가 오히려 큰 소리로 대꾸했다.

"무슨 소릴 하는 거야? 내 주머니 속 월급봉투가 좀 닿았을 뿐인데…!"

이에 맹순이가 소리쳤다.

"야 임마! 넌 잠깐 사이에 월급이 세 배나 커지냐?"

지나친 욕심

고추 농사를 짓고 사는 홀아비와 과부가 있었다.

홀아비에겐 나이가 찬 딸이 둘 있었다. 하지만 매년 홀아비네 고추 농사는 엉망이었고, 과부네 고추밭에선 풍년이 계속됐다. 홀아비는 그 이유를 알 수 없었다.

그러던 어느 날 밤, 과부네 고추밭에서 이상한 소리가 들렸다.

홀아비가 몰래 다가갔더니, 과부가 알몸으로 고추밭을 뛰어다니고 있는 게 아닌가?

다음 날 밤 홀아비는 두 딸에게 알몸으로 고추밭 위를 뛰어다니게 했다.

그러나 그 해 농사도 역시 망치고 말았다.

★ 왜냐하면? 고추가 영글다 못해 터져 버렸기 때문이었어.

남편의 외도

젊은 부부가 가면 무도회에 초대를 받았다.

남편이 부인에게 말했다.

"이 슈퍼맨 의상 어때? 오늘 이것 입고 갈 거야."

"응 멋있어. 근데 자기야 나 머리가 너무 아파서 못 가겠어. 미 안한데, 혼자 갔다 와."

"무슨 소리야. 당신이 아픈데 어떻게 나 혼자 놀아!"

"아냐, 자기가 그러면 내가 더 부담스럽잖아. 잘 놀다가 와."

할 수 없이 남편은 슈퍼맨 의상을 멋지게 차려입고 가면 무도회 장으로 떠났다.

그런데 남편이 떠난 지 30분도 되지 않아서 아내의 두통이 말끔 하게 나은 것이었다. 심심해 할 남편이 생각난 아내는 뒤늦게나마 가면 파티장으로 달려갔다.

무도회장에 도착한 그녀는 이 여자, 저 여자에게 집적거리는 슈 퍼맨 복장을 한 남편을 발견했다. 그녀는 남편이 도대체 어디까지 가나 확인하려는 마음에 요염하고 섹시하게 접근을 해서 남편을 유혹하기 시작했다. 둘은 가면을 쓰고 있었기 때문에 남편은 아내 를 알아보지 못했고, 아슬아슬하게 춤을 추며 남편을 유혹했다.

그러자 그는 흥분을 참지 못하고 위층으로 그녀를 유혹하여 올라갔다. 그녀는 아픈 아내를 집에 두고 양심도 없이 이렇게 바람을 피우는 남편에게 따끔한 맛을 보여 줘야겠다고 생각했고 뜨겁게 침실에서 일을 치른 후 재빨리 집으로 달려와서 자는 척을 했다. 자정이 지나서야 남편이 술에 조금 취한 상태로 나타났다. 아내가 말했다.

"파티는 어땠어요?"

"뭐 별로였어. 당신 없는데 무슨 재미로 놀았겠어?"

아내는 기가 막혔지만 침착하게 다시 한 번 물어보았다.

"그럼 당신, 파티장에 가서 춤도 안 췄어요?"

★ "사실 파티장에는 가지도 않았어. 당신도 없는데 뭐. 친구들끼리 당구 좀 치고 온 거야. 근데 당신 강남에 사는 내 친구 알지? 글쎄 내 슈퍼맨 의상을 빌려 갔는데 오늘 끝내 줬다면서 술 한잔 사더군."

순찰차와 바람난 아내

한 남자가 고속도로에서 차를 난폭하게 몰고 있었다.

남자가 130킬로를 넘기고 막 140킬로로 접어드는 순간, 순찰차가 사이렌을 울리며 따라오는 것이었다.

순찰차를 따돌릴 수 있으리라 생각한 사내는 시속 150킬로를 밟아도, 시속 160킬로를 밟아도 계속 따라오자 결국 차를 멈추고 말았다.

추적하던 경찰관이 다가와서 그에게 물었다.

"당신, 정지 신호를 무시하고 도망간 이유가 뭐야?"

사내는 긴 한숨을 쉬며 말했다.

"제 마누라가 경찰하고 눈이 맞아서 도망을 갔습니다."

"그게 검문에 불응하고 도망친 것과 무슨 관계가 있소?"

사내가 대답했다.

★ "죄송합니다. 전 그 경찰관이 제 마누라를 돌려 주려고 따라오는 줄 알았습니다."

이브가 아담에게 한 말

한 부부가 교회에 갔다. 아내는 항상 교회에서 잠을 자는 남편의 버릇을 고치기 위해 바늘을 하나 준비했다.

남편이 졸 때마다 옆에서 바늘로 쿡쿡 찌르기로 생각했다.

목사가 설교를 시작했다.

"우리가 사는 세상은 누가 창조했습니까?"

남편이 졸기 시작하자 아내는 옆에서 쿡 찔렀다. 그러자 남편이 소리쳤다.

"오, 하나님!"

목사는 설교를 계속했다.

"우리 인간을 창조하신 분은 누구시죠?"

다시 남편이 졸자 아내는 다시 옆에서 쿡 찔렀다.

"아, 하나님!"

잠시 후 다시 설교를 하며 목사가 질문했다.

"아담과 이브 사이에 99명의 자손을 두고, 이브가 아담에게 뭐라고 했죠?"

남편이 다시 졸자 아내는 또 옆에서 쿡 찔렀다.

★ "너 자꾸 그 물건으로 찔러대면 확 부러뜨려 버린다!"

미망인의 친절

어떤 한 젊은 미망인이 홀로 고학을 하는 학생의 학비를 대면서 친동생처럼 보살펴 주었다.

그러다 그 학생은 어느덧 성장하여 군 입대를 하게 되었는데 이 미망인은 3년 동안 헤어져 있을 것을 생각하니 너무 아쉽고 또 너무나 오래 참아 건장한 육체가 남성을 느끼게 했다. 그래서 입대하기 전날 인사차 찾아온 학생을 방으로 불러들이고 불을 껐다.

잠시 후 미망인은 황홀하면서도 감격스런 목소리로 말했다.

"너, 어디서 배웠노? 제대로 배웠네!"

고학을 하던 학생이 대답했다.

"교재도 없이 이것도 독학으로 뗐어요."

그러자 미망인이 말했다.

★ "교재도 없이! 불쌍해라. 앞으로 실습용 교재가 필요하면 언제든지 부탁해 응?"

고3의 기도

한 고3 학생이 수능 시험일을 얼마 남기지 않고 시간이 부족함을 느꼈다. 그래서 하늘에 대고 간절히 기도를 했다.

"하늘이시여! 제발 한 달, 아니 보름이라도 좋으니 시간을 조금만 더 주시옵소서."

그러자 학생의 간절한 기도에 감동했는지 하늘에서 음성이 들려왔다.

★ "너는 그동안 아주 착하게 살아 왔구나. 내 너를 불쌍히 여기고 또한 기도가 아주 간절하니 특별히 1년이란 시간을 더 주겠노라."

시체와 대화

한 의대생이 해부학 시험 공부를 위해 몰래 해부 연습을 하고 있었다.

그런데 갑자기 시체가 벌떡 일어나 자기 팔을 떼어내 학생에게 주면서 하는 말.

"학생~ 이걸로 공부해~!"

학생은 깜짝 놀라 얼떨결에 받아들고는 도망쳤다.

시체는 금방 따라잡더니 이번에는 자기 다리를 떼어 건네 주며 말했다.

"학생~ 이걸로 공부해~!"

역시 학생은 얼떨결에 받아들고는 계속해서 도망쳤다.

그러나 곧 학생은 막다른 골목에 이르고 말았다.

시체가 음흉한 미소를 짓더니 이번에는 자기 머리를 뚝 떼어내더니 학생을 노려보며 말했다.

"학생~ 이걸로 공부하라니까~!"

그러자 겁에 질린 의대생 왈,

"거… 거긴 시험 범위 아닌데요."

얼굴만 이쁜 아내

결혼할 여자를 고를 때 다른 건 하나도 안 보고 오직 얼굴과 몸매만 보고 아내를 고른 남자.

신혼의 생활은 그럭저럭 행복했다.

그러던 어느 날 남자가 애지중지하는 고급차를 도난당하고 말았다.

아내 : 여보! 내가 집 앞에 들어오면서 보니까 웬 낯선 남자가 우리 차 문을 열더니 휘리릭 몰고 가버렸어요!

남자는 기가 막혔다. 바로 코앞에서 차를 도둑맞는데 그걸 보고만 있었다는 사실에 속에서 불이 날 것 같았다.

남편 : 그러는 동안 당신 뭐했어? 못 가져가게 말리든지 아님 빨리 날 불렀어야 할 것 아냐?

그러나 아름다운 아내는 매혹적인 미소를 띠우며 대답했다.

"아이~ 걱정 말아요, 여보~! 내가 멍청하게 보고만 있었겠어요? 우리 차 번호판을 외워뒀으니깐 금방 찾을 수 있을 거예요~!"

배짱

돈을 빌려 준 사람이 돈을 빌려 간 사람에게 가서 빨리 돈을 갚아달라고 독촉했다

"당신이 빌려간 돈을 언제 갚아 주겠소?"

그러자 돈을 빌려간 사람이 말했다.

"사실은 내가 많은 사람에게서 돈을 빌렸기 때문에 갚아야 할 사람도 많습니다. 그래서 갚아야 할 사람들을 세 가지로 나누어 두었지요. 첫 번째는 어떻게 해서든지 돈을 마련하여 갚아 주어야 할 사람이고, 두 번째는 돈이 생기면 갚아 줄 수도 있는 사람이며, 세 번째는 안 갚아도 그만인 사람이지요."

"그럼, 나는 어디에 속한단 말이오?"

"아, 당신은 지금 첫 번째 사람으로 꼽고 있지만, 자꾸 귀찮게 굴면 세 번째 사람으로 낙제시킬 수도 있어요. 한 번 낙제되면 절대로 올라올 수 없습니다."

아들 자랑

요즘 세상에 아들 자랑하는 것은 3류 코미디라네.

부모와 자식간의 촌수는 1촌, 그러나….

아들이 고등학생이 되면 4촌이 되고 아들이 대학생이 되면 8촌이 되며, 아들이 장가가면 사돈이 된다.

아들이 공부를 잘 하고 일을 잘 하면 나라의 아들이 되고, 아들이 돈을 잘 벌면 장모의 아들이 되며, 아들이 백수가 되면 평생 끼고 살아야 한다.

전과 후

두 연인이 기차로 장거리 여행을 하게 되었는데, 각각 양 침대 칸 위쪽의 침대를 쓰게 되었다.

한밤중에 눈을 뜬 남자는 그것이 몹시 그리웠다. 그래서 남들이 눈치 채지 못하게 살짝 애인을 깨웠다.

"빨리 내 침대로 건너와."

그 말을 들은 여자가 안타까운 표정이 되어 되물었다.

"어떻게 그쪽으로 건너가? 방법이 없는걸…."

그러자 남자는 자신의 가운데 아랫부분을 불쑥 내밀며 말했다.

"자! 나한테 딱딱하고 긴 물건이 있어. 이걸 그쪽에 갖다댈 테니까 타고 넘어와."

여자가 좋아라 하며 대답했다.

"좋았어!"

그런데 바로 그때 아래쪽 침대에서 말소리가 들려왔다.

★ "건너는 거야 문제없겠지만 돌아올 땐 어쩌려고 저러지?"

이런 차림을 하고 있더라구요

어떤 사람이 일자리를 잃었다가 다시 짧은 재취업 연수 기간을 거쳐 텔레비전 수리공으로 취직을 했다.

첫 번째로 수리를 요청한 고객의 집에 도착하던 날, 그는 텔레비전이 있는 안방으로 들어가더니 상의와 바지를 벗어 침대 머리맡에 걸어 놓는 것이었다.

집주인 여자는 깜짝 놀라서 물었다.

"아니, 왜 그런 차림을 하십니까?"

★ "왜냐고요? 전에 내가 취직 자리를 구하다가 갑자기 집엘 들러보면 우리 마누라가 TV 수리공을 불렀다는데, 항상 이런 차림을 하고 있더라구요."

입술 자국

수영장으로 가는 차 안에서 아가씨들이 이야기를 하고 있었다.

"너 어제 전화하니까 집에 안 들어왔다고 하던데?"

"당연하지. 데이트가 있었거든."

"어머, 너 그럼?"

"얘는 뭘 새삼스럽게."

"어땠니, 화끈하던?"

어제 외박을 한 여자가 뻐기는 듯한 투로 말했다.

"말도 마. 얼마나 열렬하던지. 내 몸에 아마 아직도 자국이 선명하게 남았을 거야."

그 말을 들은 친구가 호들갑을 떨면서 말했다.

"어머, 어머 얘, 그러면 수영할 때 몸에 남자 입술 자국 난 게 다 보일 거 아니니. 창피해서 어떻게 하려고 그래!"

어제 외박을 한 여자는 태연하게 말했다.

★ "걱정 마, 비키니 수영복으로도 다 가려지는 데니까."

단추가 끼었어

어느 여고생의 고민은 어느 날부터인가 오줌이 네 줄기로 나오는 것이었다.

그 여고생은 견디다 못해 비뇨기과에 갔는데, 의사가 그곳을 보더니 키득키득대며 대충 치료하더니 이제 한 줄기로 나올 거라고 했다.

여고생은 부끄럽지만 왜 웃냐고 의사에게 물었다.

의사 선생님 왈,

★ "단추가 끼었어!"

독심술

무더운 여름날, 한 사내가 바닷가에서 산책을 하고 있었다. 그는 옷을 모두 벗고 바닷물로 뛰어들었다. 하지만 저쪽에서 중년의 여성 두 명이 걸어오는 것이었다. 그는 재빨리 물에서 나왔지만 옷까지는 너무 멀었다. 당황하던 중, 그의 앞에 버려진 양동이가 눈에 들어왔다. 그는 양동이를 잡고 중요한 부분을 가렸고 안도의 한숨을 쉬었다. 여자들이 가까워지자 그는 어색하게 옷이 있는 쪽으로 가려 했다.

그러자 한 여자가 얘기했다.

"이봐요, 청년. 내가 마음을 읽는 재주가 있는데 한번 맞춰볼까요?"

"예? 내 마음을 읽는다구요? 말도 안 돼요!"

여자는 다시 얘기했다.

★ "음, 지금 청년은 그 양동이에 밑바닥이 있다고 생각하고 있죠?"

줄 서

  결혼한 지 2년이 안 되는 한 남자는 요즘 눈이 뒤집힐 지경이었다. 아내가 다른 남자와 놀아난다는 소문이 자자했기 때문이었다. 그래서 확인을 해보기 위해 거짓으로 출장을 간다는 말을 했다.

  밤이 돼 자기 집 담을 뛰어넘어 침실로 가보니 아내가 다른 남자와 자고 있는 게 아닌가? 소문이 사실임을 확신한 남자는 열이 받아 막 현관으로 달려가려는 순간, 누군가 그의 목덜미를 잡고 말했다.

  ★ "어디서 새치기를 하려고. 줄 서!"

지금 식당 아저씨와 밥값 계산 중이거든요

　집주인은 어떤 아가씨에게 건넌방을 빌려 주고 한 달이 지나 방세 받을 날짜가 되어 아가씨의 방에 가니 방문 앞에 세탁소 주인이 있었다.

　집주인 : 무슨 일이세요?

　세탁소 주인 : 여기 아가씨에게 세탁비 받으러 왔는데 한 30분
　　　　　　　　정도 기다리라는군요.

　집주인 : (아가씨의 방문을 두드리며) 나 집주인인데 방값을 받
　　　　　으러 왔어.

　주인의 말을 들은 아가씨가 섹시한 목소리로 말을 했다.

　★ "음!! 1시간쯤 뒤에 와 주실래요? 지금 식당 아저씨와 밥값
　　계산 중이거든요. 그 후 세탁비도 내야 해요."

아, 그런 거라면 제가 대신 봐 드릴게요

한 남자가 병원을 찾아가 접수하고 있는 간호사에게 말했다.

"좀 문제가 있는데요."

"지금 선생님 외진 나가셨어요. 다음에 오세요."

"그게, 좀 급해서 그런데."

"안 계시다니까요!"

간호사가 신경질을 내면서 말하자 남자가 말했다.

"그럼 메모라도 남겨 주세요. 좀 쑥스러운 얘긴데, 제 물건(?)이 너무 커서 걱정이에요."

그러자 간호사가 갑자기 부드러운 목소리로 말했다.

★ "아, 그런 거라면 제가 대신 봐 드릴게요~!"

글쎄요? 해양 구조대인가 봐요

아내에 비해 조금 늙은 남편이 다른 때보다 일찍 집에 들어오게 되었다. 그런데 집안이 온통 물바다가 되어 있고, 그의 젊고 예쁜 아내가 몸에는 아무것도 걸치지 않은 채 서 있는 것이었다.

남편이 놀라서 젊은 아내에게 물었다.

"여보, 무슨 일이야?"

젊은 아내가 떨면서 대답했다.

"물침대가 터졌나 봐요."

남편이 침대를 살펴보려 하는데 침대 뒤에 한 발가벗은 젊은 남자가 숨어 있는 것을 발견했다.

"이놈은 누구야?"

젊은 아내가 남편에게 대답했다.

★ "글쎄요? 해양 구조대인가 봐요."

부인께선 3주 동안 계셨거든요

한 여행가가 호텔에 들어왔다.

남자는 안내 데스크에 싱글 룸을 부탁하고 숙박계를 적던 중 로비에 있는 한 멋진 아가씨를 발견했다.

"잠깐만요."

남자가 아가씨에게 가서 잠시 대화를 나누더니 팔짱을 끼고 웃으면서 돌아왔다.

"여기서 나의 부인을 만났어요. 싱글 룸은 취소하고 더블 룸으로 부탁해요."

여행가는 그날 밤 광란의 밤을 보냈다. 여독도 풀리지 않고 지난 밤에 무리를 했더니 다음 날 아침 늦게 일어나게 되었다. 아가씨는 벌써 사라지고 없었다. 그 여행가가 계산을 하러 계산서를 보니 300만 원이 넘는 것이었다.

"이게 뭐요? 난 여기서 하룻밤밖에 안 잤는데!"

★ "손님은 하룻밤인데, 부인께선 3주 동안 계셨거든요."

물론이에요, 선생님

젊고 예쁜 아가씨가 병원으로 건강 진단을 받으러 갔다.

마침 진료하는 의사는 잘생긴 얼굴에 바람기가 심한 중년 남자였다.

그가 벗은 그녀의 가슴에 손을 얹으며 물었다.

"내가 지금 뭘 하는지 알겠어요?"

아가씨가 대답했다.

"네, 선생님은 유방암을 검사하고 계세요."

의사가 손으로 복부를 더듬기 시작했다.

"지금은 뭘 하고 있지요?"

"네, 선생님은 맹장을 검사하고 계십니다."

가슴과 배를 더듬어도 여자가 가만히 있자, 의사는 여간 흥분되는 게 아니었다.

그래서 참을 수가 없어 자기도 옷을 벗어던지고는 서둘러 자신의 그것을 여자의 깊숙한 그곳으로 집어넣었다.

의사가 흥분에 들뜬 목소리로 또다시 물었다.

"아가씨, 아가씨는 내가 무얼 하는지 잘 알지, 그렇지?"

"물론이에요, 선생님!"

그녀가 대답했다.

★ "선생님은 지금 제 성병을 검사하고 있어요. 물론 전 바로 그
　것 때문에 여길 찾아왔고요."

심심한데 가지고 놀게

다섯 살 난 꼬마가 엄마를 따라 산부인과에 갔다. 대기실에 나란히 앉아 있는데 엄마가 갑자기 배를 움켜쥐면서 신음 소리를 냈다.

"엄마 왜 그래? 어디 아파?"

엄마가 고개를 저으며 말했다.

"뱃속에 있는 네 동생이 심심한가 봐. 자꾸 발길질을 하네."

그러자 꼬마가 엄마에게 말했다.

"그럼 장난감을 삼켜 봐."

"?"

★ "동생이 심심한가 봐. 가지고 놀게."

늦은 밤 공원에서

늦은 시간.

공원의 폐원 시간이 다 되어가는 시간에 관리인이 공원 내를 둘러보고 있었다.

순찰 중에 풀숲 속에서 흘러나오는 남녀의 소리를 들었다. 살짝 들여다보니 멋진 글래머의 여인이 남자에게 안겨 있는 것이 아닌가? 핑크색 팬티가 무릎까지 내려와 있고, 희고 포동포동한 허벅지가 보였다.

"싫어, 싫어! 이런 곳에서."

"나는 더 참을 수가 없단 말이야!"

"안 돼! 게다가 이미 공원이 끝날 시간이란 말이야."

이 말을 듣고 공원 관리인이 그들에게 말했다.

★ "어서 하세요~! 10분이나 20분 정도 폐원이 늦어져도 괜찮으니까요."

친정엄마

    한 남자가 병원에서 검진을 받았는데 의사가 남자에게 말했다.

    "이런 말씀드리기 죄송하지만, 당신의 생명은 이제 하루밖에 안 남았습니다."

    남자는 상심하여 술집에 가서 술을 마시며 남은 시간을 어떻게 보낼 것인지 생각했다. 남자는 마지막으로 최고의 섹스를 즐겨보기로 마음먹고 집으로 향했다. 집으로 들어오자 불이 다 꺼져 있어서 남자는 옷을 벗고 침대로 들어갔다. 남자는 두 시간 동안 평생 느껴 보지 못한 최고의 시간을 즐기고는 녹초가 되어 욕실로 들어갔다. 욕실에 들어서자 그곳에는 부인이 얼굴에 팩을 하고 앉아 있었다.

    "아니?! 당신 어떻게 여기에 들어와 있지?"

    부인이 말했다.

    ★ "쉿! 조용해요. 친정엄마 오셔서 주무시는데 깨시겠어요."

수녀원 면접

세 여자가 뜻한 바가 있어 수녀가 되기로 했다. 면접을 보게 된 수녀원장은 이 여인들의 세속에 물든 정도를 가늠해 보고자 남성들의 물건(?)을 그리게 했다.

첫 번째 여자는 그 방면에 조예가 깊었으나 그림 솜씨가 없어 가지를 그렸다. 두 번째 여자는 눈에 삼삼하긴 했으나 막상 그리려니 어려워 길쭉한 무를 그렸다.

그런데 세 번째 여자는 그 방면으로 무지한 순진한 처녀라 정말 막막하기만 했다. 할 수 없이 수녀원에서 막일을 하던 아저씨에게 사정하여 직접 그 물건을 보아가며 열심히 그렸다.

첫 번째와 두 번째 여자는 수녀원장의 면접을 아주 쉽게 통과했다.

세 여자의 그림을 놓고 심사를 하던 수녀원장이 세 번째 그림을 보는 순간 이렇게 외쳤다.

★ "아니! 이건 김씨 물건(?)이잖아??"

강도와 젊은 여성

어느 경찰서에 전화벨이 울려 퍼졌다.

"가, 강도가 들었어요."

다급해 보이는 젊은 여성의 목소리에 경찰관이 힘 있는 목소리로 말했다.

"바로 출동하겠습니다. 범인의 지문을 채취해야 하니까 사건 현장을 그대로 놔두십시오. 범인이 손을 댄 곳은 절대로 그냥 놔두셔야 합니다."

그러자, 전화를 건 여인이 떨리는 목소리로 이렇게 묻는 것이었다.

★ "그럼 거기(?)를 닦지도 못하나요?"

한국 공군과 미국 공군의 차이

한미 합동 훈련 중 비행기가 추락했고 양국 공군에 비상이 걸렸다.

양국 공군에서 나온 첫 마디는 이런 말이었다.

먼저 미국 공군에서 나온 말은 이러했다.

"조종사는?"

한국 공군의 말은?

"비행기는?

4장

Adult
Humor

Humor

이런 세상에, 완전히 들어갔구먼

두 남녀가 숲 속 언덕에 차를 주차시키고 일(?)을 치르고 있었다.

그 순간, 남자가 핸드브레이크를 잘못 건드렸는지 갑자기 차가 미끄러지며 아래로 추락하고 말았다.

남자의 위에 있던 여자는 차 밖으로 튕겨져 나와 찰과상만 입고 무사했지만 남자는 찌그러진 차에 끼어 꼼짝도 하지 않았다.

일(?)을 하느라고 옷을 벗고 있던 여자는 남자의 신발로 거기(?) 만을 가리고 밑에 있는 마을로 도움을 청하러 갔다.

"아저씨, 도와 주세요. 남자 친구가 빠지지 않아요. 어떻게 좀 빼 주세요."

그러자 마을 아저씨! 남자의 신발로 거시기를 가린 여자를 쳐다보면서 말했다.

★ "이런 세상에 완전히 들어갔구먼."

속았지롱

버스를 탄 어느 한 젊은 남자가 그만 수녀의 미모에 빠져 그 수녀에게 신성 모독(?)을 가하고 말았다. 물론 다른 사람들에게도 들켜 복날 개 맞듯이 맞고~.

그러자 그 남자를 불쌍하게 여긴 버스 기사가 말했다.

"당신이 원한다면 수녀와 관계를 가질 묘책을 일러 주겠소."

남자가 알고 싶다고 하자, 버스 기사는 매주 화요일 늦은 저녁에 그 수녀가 기도하러 묘지로 나온다고 일러 주었다.

"당신이 천사로 분장해서 나타나 그녀에게 당신과 관계를 갖도록 명령할 수 있을 겁니다."

남자는 이것을 해보기로 결심하고 화요일에 묘지로 가서 기다렸고 마침내 수녀가 나타났다. 그녀가 기도하는 중에 남자가 나타나 몸을 흰 천으로 두르고 말했다.

"나는 천사다. 너의 기도를 들었으니 그것에 답하겠다. 하지만 그전에 나와 섹스를 해야 하느니라."

남자의 말에 수녀는 동의했지만 수녀는 다만 처녀성을 지키고 싶으니 계간을 하자고 했다. 일이 끝난 후 남자는 가면을 벗어 던지며 외쳤다.

"속았지롱! 난 천사가 아니야!"

그러자 수녀가 벌떡 일어나더니 수녀복을 벗어 던지며 이렇게 말하는 것이었다.

★ "하하하, 난 버스 기사지롱!"

또, 음주 측정이에요?

    과속으로 달리던 빨간색 스포츠카를 교통경찰이 세웠다. 창문이 열리고 미니스커트를 입은 늘씬한 금발머리가 얼굴을 내밀었다.

    "아가씨, 과속입니다. 면허증 좀 보여 주시겠습니까?"

    "저, 면허증이 뭐죠?"

    "지갑 안에 사진 붙어 있는 신분증 같은 거 있잖아요."

    금발머리는 지갑을 뒤져 간신히 면허증을 찾아 건네 줬다. 겨우 면허증을 받은 경찰이 본부에 조회했다. 마침 본부에는 친구가 근무하고 있었다.

    "혹시 빨간색 스포츠카를 몰지 않나?"

    "그래."

    "야한 차림의 미녀 맞나?"

    "그래."

    "그럼 내 말대로 하게. 면허증은 그냥 돌려 주고, 그 여자 앞에서 바지를 벗어."

    "무슨 말이야? 그게 무슨, 경찰관 신분으로."

    "내가 그냥 시키는 대로만 해! 손해 볼 건 없으니까."

경찰관은 친구의 말에 아랫도리를 내렸다. 그러자 경찰관의 흥분한 거시기를 본 금발머리, 한숨을 내쉬며 말했다.

★ "또, 음주 측정이에요?"

우리 하고회(?) 먹으러 가자

신혼부부가 신혼여행을 떠났다.

그들은 신혼여행지에 도착하여 짐을 정리하니 저녁이 되었다.

신랑은 생각했다.

'저녁으로 뭐가 좋을까? 그래 신부가 회를 좋아하니까 회를 먹으러 가야지.'

이렇게 생각한 신랑은 고개를 수줍게 숙이고 있는 신부에게 말했다.

"자기야, 우리 아나고(?) 회(?) 먹으러 가자."

그러자 고개를 숙이고 있던 신부가 고개를 들면서 말했다.

★ "자기야, 우리 하고(?) 회(?) 먹으러 가자~."

도서관에서

어제 친구와 함께 도서관에서 공부하던 중에 친구가 말했다.

"야! 나 큰일 났다. 속이 안 좋아서 방귀가 계속 나와."

나는 아무도 모를 거라고 얘기해 주었지만 옆에 앉아서 감당해야 할 생각을 하니 심란했다.

그냥 신경 쓰지 않기로 하고 계속 공부에 열중하고 있는데 우왜! 장난이 아니었다. 연달아 계속 뀌어대는데 차라리 싼다고 말하는 게 맞을 정도였다. 게다가 소리는 또 얼마나 신기하던지 '부우웅… 부우웅… 부우웅… 부우웅….'

방귀를 그렇게 높낮이 없이 규칙적으로 뀌는 사람은 처음 봤다.

주위에서는 그게 무슨 소린지 모르는 듯했고 속을 아는 나는 웃겨서 죽는 줄 알았다.

그런데 갑자기 대각선 쪽에 앉아 있던 사람이 성큼성큼 다가와 하는 말,

★ "(짜증 섞인 목소리로) 저기요! 휴대폰 좀 꺼주실래요?"

4장 Adult Humor

뭘 보냐고?

자동차 극장으로 영화를 보기 위해 가던 커플.

극장에 거의 도착했을 즈음, 여자 친구가 인상을 쓰며 말했다.

"오빠…, 아직 멀었어? 나 배 아파!"

"조금만 참아. 거의 다 왔어."

남자 친구는 극장에 도착하자마자 표 끊는 점원에게 화장실이 어디냐고 물었다. 친절한 점원이 말했다.

"네, 쭉 가시다가 오른쪽으로 꺾으시면 돼요. 그리고 휴지는 가져가셔야 합니다."

"고맙습니다."

"예, 뭐 보실 거예요?"

영화의 종류를 묻는 점원.

남친의 대답,

★ "대변이요!"

껍데기 홀랑 벗겨지게는 안 하는데

산골에서만 살던 한 여자가 어느 부잣집의 가정부로 들어가게 되었다.

그러던 어느 날, 방청소를 하던 산골 출신 가정부는 사용하고 난 콘돔을 발견하게 되었다. 태어나서 처음 콘돔이라는 것을 본 가정부는 그것이 무엇인지 궁금해서 견딜 수가 없었다. 그리하여 사모님에게 용기를 내서 그것이 무엇인지 물었다.

그러자 사모님은 어이없다는 표정으로 가정부에게 말했다.

"시골에서는 섹스도 안 하나 보죠?"

그 말을 들은 가정부는 놀란 표정으로 이렇게 말했다.

★ "하긴 하는데, 껍데기 홀랑 벗겨지게는 안 하는데……."

너무 유능해서

한 보험회사의 중역들은 가장 유능한 직원 곰바우를 중역으로 승진시키기로 결정했다.

그러나 문제가 하나 있었다. 이 회사 중역들은 모두 기독교 신자인데 곰바우만은 타 종교 신자였기 때문이다. 사장이 괴롭다는 듯 말했다.

"으흠, 여러분~! 곰바우는 확실히 우리 회사의 중역이 될 자격이 충분합니다. 그러나 그는 타 종교 신자이기 때문에 개종을 시키지 않고서 중역으로 승진시키는 건 우리 회사의 전통에 어긋나는 일이지요?"

그러자 전무가 한 가지 제의를 했다.

"제가 세상에서 가장 설득력 좋은 목사님을 알고 있어요. 그분의 설교를 한 시간만 들으면 곰바우도 분명히 개종할 겁니다!"

사장을 비롯한 중역들 모두가 고개를 끄덕이자 일은 그렇게 결정되었다.

이윽고 부탁을 받은 목사는 준비된 자리에서 곰바우를 만났다.

장장 다섯 시간이 지나자 목사가 땀을 뻘뻘 흘리며 나왔다. 중역들은 모두 시간이 많이 걸렸다고 생각하며 목사에게 물었다.

"물론 성공하셨겠죠, 목사님?"
그러자 중역들을 둘러본 목사님은 몹시 짜증을 내며 외쳤다.

★ "에이~ 나 안 해! 게다가 나는 곰바우라는 놈 때문에 1억 원
　짜리 생명보험까지 들었단 말이야!"

물 한잔 주는 사람 없더라고

불륜의 애인과 침실에서 밀애를 나누고 있는데 출장을 간 남편이 일찍 돌아왔다.

애인이 피할 길이 없자 부인은 서둘러 베이비오일과 하얀 분가루를 남자에게 뒤집어씌우고 말했다.

"자기는 이제부터 석고상이니까 절대 움직이면 안 돼."

남편이 들어와서 부인에게 물었다.

"이게 뭐야?"

"아, 그냥 석고상이에요. 옆집에 갔더니 침실에 석고상이 있더라구요. 좋아 보여서 나도 하나 샀죠."

남편은 별 관심이 없는 듯 저녁을 먹고 밤이 되어 잠이 들었다.

다음 날 아침 남편은 부엌에서 우유와 샌드위치를 들고 들어오더니 석고상에게 말을 했다.

★ "이것 좀 드쇼. 내가 옆집에서 사흘 동안 석고상 노릇 해봐서 알지. 엄청 배고픈데 물 한잔 주는 사람 없더라구."

천재 소년

다섯 살짜리 사촌동생이 놀러왔다. 요즘 이 녀석이 어린이 영어 학원에 다니면서 영어를 좀 배웠답시고 이런저런 문제를 낸다.

"형, 삼각형이 영어로 뭔지 알아?"

"아니, 그럼 넌 아니?"

"트라이앵글!"

나는 감탄사를 연발하며 칭찬해 주었다.

이번엔 내가 질문을 했다.

"그럼 동그라미는 영어로 뭐게?"

순간 당황한 기색을 보이더니 잠시 생각한 다음 동생이 대답했다.

★ "탬버린!!!"

나도 할 말 있다

찜질방에 여러 명의 남자와 여자들이 있었다.

어느 여사님 왈,

"여자들은 얼라들 낳고 몸조리를 제대로 못해서 나이 먹으면 온 몸이 다 아픈기라~. 그래서 그놈의 신경통 때문에 찜질방에 와서 찜질하는데, 남자들은 무엇 때문에 찜질방에 오는지 이해가 안 가는기라~!"

그러자 옆에 있는 남자 왈,

"아지매요~. 우리 남자들이 왜 찜질방에 오냐고요? 여자분들이 이유가 있듯이 남자들도 다 이유가 있어 오는 거 아니유?"

그러자 그 아지매 왈,

"이유가 뭔데요? 여자들은 얼라 낳느라고 고생했지만요, 남자들은 얼라 낳을 때 뭐 했다고 찜질방에 온다 말입니꺼?"

이에 옆에 있던 남자 왈,

★ "남자들은 얼라 만드느라고 무르팍이 다~ 까지고 신경통이 걸렸지 않소. 그놈의 무릎 신경통 땜시 오는 거 아닙니꺼~."

정말 야한 여자

한 남자가 카페에 앉아 있는데, 건너편에 야한 원피스 차림의 여자가 섹시한 포즈로 앉아 담배를 꼬나무는 것이었다.

그녀의 포즈에 눈길 한 번 안 준다면 그건 남자가 아닐 것이다. 힐끔힐끔 곁눈질로 훔쳐보고 있는데, 이게 웬일인가! 그녀가 피우던 담배를 던지니 담배가 기가 막히게 세로로 딱 서는 게 아닌가!

놀란 남자는 '우연이겠지.' 하고 그냥 지나쳤다.

그런데 잠시 후 그녀가 다시 담배를 물고는 몇 번 빨더니 던졌다. 그러자 이번에도 담배가 세로로 딱 서는 것이었다. 남자는 너무도 신기한 나머지 실례를 무릅쓰고 그녀에게 다가갔다.

"저, 아까부터 죽 지켜봤는데요. 어떻게 하면 그렇게 담배를 세울 수 있죠?"

그러자 그녀는 대수롭지 않다는 표정으로 이렇게 말했다.

★ "내가 빠는데 지가 안 서고 배겨?"

파트너는 마술사

술에 만취한 세 남자가 집창촌을 찾았다. 그들은 곧 어느 집을 골라 안으로 들어섰는데, 주인이 난감해 하며 말했다.

"미안해서 어쩌죠? 지금은 아가씨가 둘뿐인데…."

"한 명 더 구해 주세요."

"안 돼요, 지금 있는 거라곤 여자 풍선 인형뿐이에요."

"그거라도 좋소. 우리 둘보다 더 취한 저 친구한테 그 풍선 인형을 줘요."

일행은 곧 각자의 방으로 흩어졌다.

그로부터 한 시간쯤 지난 후 그들은 다시 만나서 자신들의 경험에 대해 말했다.

"내 여자는 대단했어. 몸이 화로처럼 뜨겁더구먼."

"내 여잔 어떻고? 몸매가 죽이는 데다 테크닉도 어찌나 현란한지…."

그런데 세 번째 남자는 더욱 의기양양한 표정이었다.

"에이, 그 정도는 아무것도 아니야."

"?"

★ "내 여자는 꼭 마술사 같더라고. 내가 그녀의 젖꼭지를 콱 깨물었지. 그러자 이 여자는 갑자기 미친 듯이 방 안을 이리저리 날아다니더니 창문 너머로 감쪽같이 사라져버리잖아?"

4장 Adult Humor

군대에서

도난 사고가 잦아 늘 위병소 근무자는 골머리를 앓았다.

어느 날, 마침 차 한 대가 부대에서 위병소로 나오고 있었다. 그래서 위병소 근무자 중 선임자가 후임자에게 도난 방지를 위해 이렇게 하는 것이라면서 몸소 시범을 보여 주었다.

먼저 트렁크를 보여달라고 하여 검사한다. 그리고 시트를 뒤집어보고, 차 밑바닥도 검사하고, 타이어도 발로 퉁퉁 차 보고는 특이한 물건이 없어 그냥 통과시켰다.

"봤지? 검문 검색은 이렇게 하는 거야."

후임병에게 당당하게 말하고 있는 순간 상황실에서 전화가 왔다.

★ "야, 근무자! 차 한 대 없어졌다!"

못 살아

어느 부흥집회에서 목사가 설교 도중 질문을 했다.

"세상에서 가장 차가운 바다는 '썰렁해' 입니다. 그럼 세상에서 가장 따뜻한 바다는 어디일까요?"

성도들이 머뭇거리자 목사가 말했다.

"그곳은 '사랑해' 입니다. 우리 모두의 마음이 항상 따뜻한 바다와 같이 사랑하는 마음이길 원합니다."

평소 남편으로부터 사랑한다는 말을 한 번 듣는 것이 소원인 여신도가 집회가 끝나고 집에 가서 남편에게 온갖 애교를 부리면서 똑같은 질문을 했다.

"여보, 내가 문제를 낼 테니 한 번 맞추어 봐요. 세상에서 가장 차가운 바다는 '썰렁해' 래요~, 그럼 세상에서 가장 뜨거운 바다는 어디일까요?"

남편이 머뭇거리며 답을 못하자 온갖 애교 섞인 소리로 힌트를 주면서 말했다.

"이럴 때 당신이 나에게 해주고 싶은 말 있잖아~!"

그러자 남편이 의미심장한 표정으로 웃음을 지으며 자신 있게 하는 말.

★ "열~ 바다!"

나는 왜

한 시골 마을의 꼬마가 자신의 열 살 생일날 마을의 호수 앞에 와서 섰다. 꼬마는 어려서부터 들어온 이야기가 있었다.

"너희 할아버지와 너희 아버지는 열 살 생일날 호수 위를 걸어 다니셨단다."

꼬마는 할아버지와 아버지가 했으면 자신도 할 수 있으리라 믿고 다짐을 했다.

"나도 할 수 있다."

꼬마는 친구와 함께 배를 타고 호수 가운데로 가서 물 위로 발을 디디다가 하마터면 물에 빠져 죽을 뻔했다. 겨우 호수를 빠져 나온 꼬마는 화가 잔뜩 나 집으로 돌아와서는 할머니에게 뛰어갔다.

"할머니! 난 주워온 애죠? 왜 할아버지와 아버지는 호수 위를 걸었는데 난 못해요?"

그러자 할머니는 온화한 웃음으로 꼬마를 안고서 머리를 쓰다듬으며 말했다.

★ "아가, 그건 말이지… 너희 아버지와 할아버지는 1월에 태어났고, 넌 8월에 태어났기 때문이란다. 한여름에 호수가 어는 것을 본 적 있니?"

남편들이 가장 싫어하는 사람

어느 여성 잡지에서 '우리나라 남편들이 이 세상에서 가장 싫어하는 사람은 누구일까?' 라는 내용의 설문조사를 실시했다.

그 결과 1위로 나온 답은 바로 '이웃집 남편' 이었다.

도대체 이유가 뭘까? 이번 설문에 참여한 한 남성의 이야기를 들어보자.

아저씨 : 내참, 기가 차서! 집사람 말을 들어보니까 우리 옆집 남편은 돈도 잘 벌어오고 인간성도 최고고 날이면 날마다 부인한테 비싼 옷도 덥석덥석 잘 사주고 집안일도 척척 해내고 게다가 아이들 교육에다 처갓집 일도 꼼꼼히 챙겨 주는 걸 잊지 않는다니 얄밉지 않습니까? 집사람 말을 들어보면 아무리 이사를 다녀도 우리 옆집엔 꼭 그런 남자만 산다니까요!

인색의 대가

아주 인색한 농장주가 있었다.

그는 일꾼이 밥을 먹기 위해 일손을 놓는 게 눈에 거슬렸다.

어느 날 아침 식사를 한 후에 일꾼을 불러 말했다.

"여보게, 밭에서 일하다가 다시 들어와서 점심을 먹는 것이 귀찮지 않은가? 그러니 아예 점심을 지금 미리 먹고 시간을 아끼는 것이 어떻겠나?"

일꾼이 말했다.

"좋습니다."

농장 주인은 급하게 점심을 준비하여 일꾼에게 말했다.

"점심을 먹은 김에 아예 저녁까지 다 먹어버리는 것이 어떻겠는가?"

"좋습니다."

농장 주인은 푸짐하게 불고기까지 준비를 하여 일꾼에게 먹였다.

농장 주인이 기분 좋게 말했다.

"자, 이제 세 끼를 다 먹었으니 밭에 나가 하루 종일 쉬지 않고 일할 수 있게 되었군."

일꾼이 말했다.

★ "주인님, 저는 저녁을 먹은 다음에는 무슨 일이 있어도 일을
   하지 않습니다."

장사의 원칙

미련퉁이 둘이 농산물 장사를 해서 가욋돈을 좀 벌어보기로 했다.

그들은 트럭을 몰고 시골에 가서 한 통에 1,000원씩을 주고 수박 한 짐을 사왔다.

한 통에 1,000원이라고 하니 한 시간도 채 안 돼서 수박이 모두 팔려버렸으므로 두 사람은 좋아했다.

그런데 돈을 헤아려보니 수박을 사는데 들인 액수와 똑같았다.

기쁨은 낙담으로 바뀌었다.

한 사람은 투덜대다가 동료에게 한마디 했다.

★ "내가 뭐랬어? 큰 트럭으로 하자고 했잖아!"

자꾸 만지면 우리가 불리해

어린 여자아이가 임신을 했다.

이 문제로 여자아이의 엄마는 옆집 어린 남자아이를 제소했다.

판사 앞에서 어린 남자애 엄마가 변론을 했다.

"세상에 말도 안 돼요. 이렇게 조그만 애가 어떻게 그런 짓(?)을…. 정말 억울해요."

그리고는 판사 앞에 나가 아이의 바지와 팬티를 벗기고 말했다.

"판사님 보세요! 이걸로 됩니까? 이걸로 뭘 합니까?"

엄마는 아이의 꼬추를 잡고 판사에게 무죄를 애원했다.

그러자 아이가 조용히 엄마에게 말했다.

★ "엄마, 자꾸 만지면 우리가 불리해."

시켜서 못하면 죽어

어느 중학교에서 있었던 일이다.

안전교육을 가르치는 시간에 안전교육 비디오를 틀어 주는데, 선생의 실수로 그만 포르노 비디오를 틀고 말았다.

아이들은 마구 함성을 질렀다.

"조용, 조용, 집중해서 잘 봐."

그래도 아이들은 흥분하면서 마구 소리를 질러댔다.

그러나 자기가 비디오를 잘못 갖고 온 줄도 모른 채 비디오를 틀어 놓고 다른 일을 하던 덜떨어진 선생이 하는 말,

★ "이따가 거기 나온 거 시켜서 못하면 죽어!!"

거 봐! 쉽잖아!

한 복면강도가 은행에 침입했다. 복면강도는 여자에게 총을 겨누며 외쳤다.

"금고 따!"

혼자 있던 여직원은 떨면서 이렇게 말했다.

"여긴 진짜 은행이 아니고, 정자 은행이에요!"

그러나 복면강도는 막무가내였다.

"금고 안 따면 죽인다."

그러자 혼자 있던 여직원은 어쩔 수 없이 금고 문을 열고 말았다. 금고에는 각각의 정자를 담은 병들이 가득 차 있었다. 복면강도는 다시 총을 겨누며 말했다.

"큰 거 한 병 다 마셔! 원샷!"

겁이 난 여자는 그만 코끼리 정자를 담은 15리터 패트병을 꺼내서 나발 불고 말았다.

"끄윽~."

그러자 복면강도가 복면을 벗어 내리는 것이었다. 그런데 그 복면강도는 바로 그 여자의 남편이었다.

복면강도는 복면을 다 벗고는 아내에게 이렇게 말했다.

★"거 봐! 쉽잖아!"

저녁밥 데우고 있어요

　새로 결혼한 부부가 있었다.
　남편은 신혼여행에서 돌아오자마자 회사에 갔다. 신부는 남편을 위해 저녁을 차려 놓고 기다리다가 남편이 집에 돌아오자 반갑게 맞으며 말했다.
　"자기, 저녁 먹어."
　그러자 남편은 신부가 정성스럽게 차린 식탁은 보지도 않은 채 신부를 보며 말했다.
　"아냐, 난 당신이면 돼."
　그리고는 신부를 안고 침실로 향했다.
　다음 날도 그랬고 그 다음 날도 또 그랬다. 그런 일이 며칠이 계속되었다. 하루는 남편이 집에 돌아오니 신부가 저녁밥은 차리지도 않은 채 뜨거운 욕조에 들어가 있었다.
　"당신 지금 뭐하고 있는 거야?"
　그러자 신부가 대답했다.

　★ "저녁밥 데우고 있어요."

문신

한국인과 미국인이 같이 목욕탕에 갔다.

두 사람은 모두 벗고 있었으므로 서로의 모든 것(?)에 문신이 있었다. 먼저 미국인에게는 서부의 총잡이를 상징하는 총이 거기에 크게 문신되어 있었다.

그리고 한국인은 '동…세'라고 되어 있었다. 그것을 보고 먼저 미국인이 말했다.

"한국인은 거시기(?)도 작군!"

이 말을 들은 한국인은 열받아서, 너무나 열을 받아서 거시기(?)를 막 문지르기 시작했다.

한참 후, 미국인은 한국 사람의 거시기를 보고 기절했다. 왜냐하면 거기에는 이렇게 씌어 있었다.

동……세.

동해물과……만세.

★ "동해물과 백두산이 마르고 닳도록 하느님이 보우하사 우리 나라 만세."

4장 Adult Humor

개새끼!

한 처녀가 성당에 가서 고해성사를 하기 시작했다.

"전 어제 남자 친구에게 '개새끼'라는 욕을 했습니다."

"왜 그랬지요?"

"제 손을 만졌어요."

"이렇게요?"

라고 말하며 신부는 처녀의 손을 만졌다.

"예."

"그렇다고 해서 욕을 하는 건 잘못입니다."

"하지만 제 가슴도 만졌어요."

"이렇게요?"

라고 말하며 신부가 소녀의 가슴을 만졌다.

"예."

"그렇다고 해도 욕을 할 이유는 되지 않습니다."

"하지만 그 친구가 제 옷을 벗겼어요."

"이렇게요?"

라고 말하며 신부가 소녀의 옷을 벗겼다.

"예."

"그래도 욕을 하면 안 됩니다."

"하지만 자기 물건을 제 그곳에 넣었어요."

"이렇게요?"

라고 말하며 신부가 소녀의 몸에 올라탔다.

"예."

"그래도 욕을 하는 것은 잘못입니다."

"하지만 그 친구는 AIDS에 걸렸는데?"

그러자 신부가 황급히 몸을 빼며 소리쳤다.

★ "개새끼!"

사람이 많이 다니는 곳에는 풀이 나지 않는 법

어느 시골 마을에 행복한 가족이 살았다.

아빠는 농장을 경영했고 엄마는 그냥 평범한 부부였다. 그리고 그 집에는 아주 예쁜 딸도 하나 있었다.

딸은 얼굴도 예쁘고 거기(?)와 거기(?)는 아주 오동통해졌다.

근데 그 엄마는 딸이 예쁜 것(?)까지는 좋은데 한 가지 걱정이 있었다.

바로 딸의 거기(?)에 털이 없었던 것이다. 털이 날 나이도 됐는데도.

엄마는 부끄러워 아무한테도 얘기를 못하고 있다가 어느 날 결심을 한 듯 딸을 데리고 의원을 찾아갔다.

"실은 제 딸년이 여차저차해서 왔어요."

"아 그래요? 어디 좀 살펴보지요."

엄마는 잠시 나가 있고 의원은 딸의 거기(?)를 검사하기 시작했다.

잠시 후 엄마가 들어왔고 이번에는 딸이 나갔다. 의원은 걱정스런 말투로 말했다.

"흠, 아무래도 출입금지 팻말을 달아야겠어요."

"아니 그게 무슨 말이에요?"
의원이 딸의 엄마에게 말했다.

★ "원래 사람이 많이 다니는 곳에는 풀이 나지 않는 법이지요."

4장 Adult Humor

매일 바꾸는 게 훨씬 신선하거든

여자 둘이서 서로 잘났다고 남성 편력(?)을 자랑했다.

그 중 한 아가씨가 가소롭다는 듯 다른 한 아가씨에게 말했다.

"얘, 넌 언제나 정상 체위(?)로만 한다며?"

'피~ 아직 풋내기구먼.'

한 아가씨는 이렇게 속으로 비웃으며 말했다.

"얘, 그게 무슨 재미니? 역시 섹스는 스타일을 여러 가지로 바꾸면서 즐겨야 신선한 맛이 있는 거 아니니?"

그러자 듣고 있던 풋내기(?) 같은 아가씨가 빙그레 웃으며 이렇게 말했다.

★ "음, 하지만 그건 별거 아냐. 스타일은 항상 같더라도 남자를 매일 바꾸는 게 훨씬 신선하거든."

다시 바람을 불어 넣던데?

부부가 맞벌이를 하는 집에 아들이 한 명 있었다.

그 아들은 밤만 되면 윗방에서 쿵쿵거리는 소리가 나서 잠이 깨곤 했다.

하루는 아빠가 출근한 뒤 자신도 출근 준비를 하고 있는 엄마에게 물었다.

"밤만 되면 엄마 방에서 이상한 소리가 들려. 무슨 소리야?"

갑자기 질문을 받은 엄마는 놀라서 대충 둘러댔다.

"아, 그건 아빠가 살이 너무 찌는 것 같아서 운동을 한 거야. 엄마가 아빠 배 위에 올라가서 뛴단다."

그러자 아들이 말했다.

"그래? 근데 그거 별로 소용없을걸?"

"왜?"

★ "아빠 비서가 엄마 없을 때 가끔씩 집에 와서 아빠 고추에다가 다시 바람을 불어넣던데~?"

놀라운 업무 개선

한 남자가 유명한 음식점에 갔다.

음식을 먹다가 실수로 숟가락을 바닥에 떨어뜨렸다. 웨이터를 불러 새 숟가락을 달라고 하자 웨이터는 즉시 호주머니에서 하나를 꺼내 건네 주는 것이다.

신속한 서비스에 감동한 그가 웨이터에게 물었다.

"이 식당에서는 모두 여분의 숟가락을 들고 다니나 보죠?"

"네, 영업의 효율을 높이기 위해 컨설팅을 받았는데, 그 결과 손님의 20%가 곧잘 수저를 흘린다는 사실을 발견했습니다. 다시 주방까지 갔다 오는 시간을 줄임으로써 서비스의 개선과 업무 효율을 높여 줍니다."

한참 식사를 하던 남자는 모든 웨이터의 소매에 실이 달려 있음을 발견하고 웨이터를 불러 물었다.

"죄송합니다만, 왜 웨이터들의 소매에 실이 달려 있죠?"

그러자 웨이터는 자세하게 설명을 해주었다.

"이것도 업무 개선을 위한 한 가지 방법입니다. 소매의 실은 모든 웨이터의 '거시기'를 만지지 않고도 볼일을 볼 수 있기 때문에 손을 씻을 필요가 없어집니다. 따라서 업무 효율을 20% 더 향상

시켜 줍니다."

손님은 다시 한 번 감탄했다. 그런데 의문이 생겨 물었다.

"그렇다면 볼일을 보고 나서 다시 바지 속에 넣을 때는 어떻게 하죠?"

웨이터가 남자에게 말했다.

★ "글쎄요, 남들은 어떻게 하는지 모르겠지만 저 같은 경우는 숟가락을 이용합니다."

병달이 너 왔니?

어느 날, 한 남자가 욕실에서 면도를 하고 있었다.

그때 이웃에 살고 있는 병달이가 잔디를 깎다가 오줌을 누려고 들어왔다.

병달이는 지능이 많이 떨어졌지만 심성이 착해서 이웃들이 불러서 일을 시키곤 했었다.

병달이가 오줌 누는 것을 보던 남자는 놀라서 면도기를 떨어뜨릴 뻔했다.

병달이의 거시기가 자기가 여태껏 본 것 중 가장 큰 물건이었기 때문이었다.

남자는 그에게 물었다.

"병달아, 이런 말 묻기가 좀 그렇지만 네 것은 어떻게 그렇게 클 수가 있지? 무슨 비법이라도 있니?"

병달이는 웃으며 말했다.

"별거 아니에요. 매일 밤 자기 전에 저는 거시기를 침대 기둥에 대고 세 번씩 때리거든요."

남자는 그 방법이 의외로 쉽다고 생각이 되자 곧바로 시험해 보고 싶었다.

그날 밤, 잠자리에 들기 전에 남자는 자기의 것을 꺼내서 침대 기둥에 세 번 때렸다.

그 순간 잠들었던 아내가 잠을 깨며 말했다.

★ "병달이, 너 왔니?"

넣은 거나 마찬가지?

어떤 유부녀가 성당에서 고해성사를 했다.

"저는 어떤 외간 남자와 거의 그 짓을 할 뻔했습니다."

그 말을 들은 신부가 물었다.

"'거의'라는 건 무슨 뜻입니까?"

유부녀가 대답했다.

"예 저희는 옷을 벗고, 서로의 그곳을 비벼대면서 애무했지요. 하지만 전 거기서 멈췄습니다."

그 말을 들은 신부가 말했다.

"비벼대는 것은 집어넣은 거나 다름없습니다. 다시는 그 남자를 가까이 하지 말고, 주기도문을 다섯 번 외우시고 자선함에 50달러를 넣으시오."

유부녀는 고해소를 나와서 의자에 앉아 주기도문을 외웠다. 그리고는 자선함으로 걸어갔다. 잠시 그 앞에 서 있더니 성당 밖으로 그냥 나가려 했다.

이를 지켜보던 신부가 재빨리 걸어와 말했다.

"내가 지켜보았는데, 자매님은 자선함에 아무것도 넣지 않았습니다."

유부녀가 신부를 바라보며 대답했다.

★ "신부님, 저는 그 상자를 비벼댔고, 신부님께서 말씀하시기
　를 그렇게 하면 넣은 거나 마찬가지라고 하셨잖습니까."

나 모든 비밀을 알고 있어요

한 아이가 동네의 영악한 친구에게서 흥미로운 이야기를 들었다.

"어른들은 무엇이든지 꼭 비밀이 한 가지씩 있거든. 그걸 이용하면 용돈을 많이 벌 수 있어."

그 아이는 실험을 해보기 위해 집에 가자마자 엄마에게 말했다.

"엄마! 나 모든 비밀을 알고 있어."

엄마가 놀라서 꼬마에게 돈을 주며 말했다.

"아가, 절대 아빠에게 말하면 안 된다."

그 아이는 또 아빠가 들어오길 기다렸다가 아빠에게 슬쩍 말했다.

"아빠! 나 모든 비밀을 알고 있어."

아빠는 아이를 방으로 조용히 데리고 가서 돈을 주며 말했다.

"어떤 일이 있어도 엄마에게 말하면 안 된다."

그 아이는 계속 용돈이 생기자 신이 나서 다음 날 아침 우편배달부가 오자 그에게 말했다.

"아저씨! 나 모든 비밀을 알고 있어요."

그러자 우편배달부는 눈물을 글썽거리며 말했다.

★ "이렇게 될 줄 알았다. 이리 와서 아빠에게 안기려무나."

하룻밤 자는데 50만 원씩이나 달라고?

젊고 매력적인 여자가 혼자 술집에 앉아 있었다.

그러자 한 젊은이가 다가와서 그 여자에게 말했다.

"실례합니다. 한잔 사 드려도 되겠습니까?"

그러자 여자는 갑자기 큰 소리로 말했다.

"여관에 가자고요?"

"아니 잘못 들으셨군요. 저는 그냥 술을 한잔 사 드릴까 하고 물었는데요."

여자는 더 흥분한 듯 큰 소리로 외쳤다.

"그러니까 여관에 같이 가자는 말이죠?"

기가 막히고 당황한 젊은이는 구석으로 물러났고, 술집 안에 있던 사람들은 모두 분개해 하며 청년을 쏘아보았다. 청년은 화가 나 고개를 숙이고 앉아 있었다. 잠시 후 여자는 청년이 있는 자리로 왔다.

"아깐 소란을 피워서 정말 죄송해요. 실은 제가 심리학을 전공하거든요. 예기치 않은 상황을 맞았을 때 인간이 어떻게 행동하는가를 연구하고 있는 중이랍니다."

그러자 젊은이는 그 여자를 보면서 소리를 버럭 질렀다.

★ "뭐라고? 하룻밤 자는데 50만 원씩이나 달라고?"

아주 슬픈 개들의 대화

흰 개 한 마리와 검은 개 한 마리가 동물병원 대기실에서 대화를 나누었다.

흰 개 : (침울한 표정으로) 나는 조졌어. 인생 끝장이야. 옆집 암캐를 주인 허락 없이 건드려서 임신을 시켰는데 들통이 났어. 주인끼리 만나서 합의했는데 나를 거세시키기로 했대. 그래서 왔어. 조졌어.

검은 개 : (시무룩한 표정으로) 재수 없구나. 나는 그동안 편안하게 잘 지냈는데 어느 날 목욕탕에서 우리 여주인이 발 벗고 욕조에 물을 받느라고 허리를 숙여 엉덩이만 보이더라구. 뒷모습이 워낙 비슷해서 뒤에서 덮쳤어. 내가 정말 정신이 나갔지. 그래서 왔어.

흰 개 : (놀라며) 너 정말 조졌구나. 그래, 안락사시킨대? 거세시킨대?

★ 검은 개 : (피곤한 표정으로) 여기서 앞발톱 다듬고 오랬어.

내일 혹시 치과 갈 일은 없지

어떤 부부가 잠자리에 들었다.

아내는 금방 잠이 들었는데 남편은 밤일을 하고 싶어 엉기적대다가 못 견딜 것 같아 자는 아내를 자기의 거시기(?)로 쿡쿡 찔러 깨웠다.

남편의 요구에 아내가 말했다.

"내일 아침에 산부인과 예약이 있어요. 그러니 거기를 깨끗이 하고 가는 게 좋겠지요."

아내는 부드럽게 거절했다. 포기하고 돌아누운 남자는 또 한참 엉기적대더니 갑자기 뭔가 생각났다는 듯이 벌떡 일어나 아내를 깨우며 말했다.

★ "내일 혹시 치과 갈 일은 없지?"

아내가 자전거를 타다니

교통사고로 죽음을 맞이한 3명의 사내가 하늘나라로 올라가 심판을 받게 됐다.

"너희들은 모두 운전을 하다 죽었으므로 앞으로 영원토록 천국의 주위에서 차를 몰아야 한다. 너희들은 과거 행적에 의해서 타고 다닐 것을 할당받게 될 것이다."

천사가 첫 번째 남자에게 말했다.

"넌 전생에 5명의 여자와 바람을 피웠구나! 자! 이 낡은 티코를 타고 천국의 주변을 돌아라."

이번에는 두 번째 남자를 쳐다보며 말했다.

"너는 너의 아내 말고 3명의 여자와 잠자리를 가졌구나. 너에게는 프라이드를 주겠노라."

천사는 세 번째 남자를 보며 말했다.

"그래! 넌 결혼 후에도 외도는커녕 속인 일이 전혀 없구나. 자, 그랜저를 몰도록 하여라."

이렇게 하여 3명의 남자는 각자의 차를 타고 주변을 돌았다. 티코와 프라이드가 한참을 가다 보니 앞에 그랜저가 서 있었고 그 사내가 눈시울을 적시고 있는 게 아닌가.

두 사내가 물었다.

"이거 보시오. 차는 제일 좋은 차를 타고 왜 우는 거요? 복에 겨웠구먼!"

그러자 사내는 눈물을 뚝뚝 흘리며 말했다.

★ "흑흑~ 이럴 줄 정말 몰랐소~, 내 아내가 자전거를 타고 지나가다니~."

고사성어(?)로 풀어본 꽃뱀 15가지 이야기

1. 태풍의 눈 : 난 그녀와 함께 모텔 문 앞에 다다랐어.

2. 냉방완비 : 그 모텔에는 이런 글귀가 우릴 반기고 있었지.

3. 일단정지 : 그녀는 안 된다면서 집으로 가자고 했지만.

4. 감언이설 : 사랑하는 사인데 뭐 어떠냐며 그녀를 설득했어.

5. 현모양처 : 결국 순진한 그녀는 내 뜻에 따르기로 했던 거야.

6. 룰루랄라 : 흐흐흐, 역시 난 프로라고 봐.

7. 구구각색 : 방을 향해 가면 곳곳에서 야릇한 소리가.

8. 색마본색 : 들어가자마자 난 그녀에게 짐승처럼 달려들었어.

9. 예의범절 : 그녀는 샤워를 하고 오겠다는 거 있지, 후후.

10. 환경미화 : 그녀가 씻는 동안 비디오도 켜고 조명도 야하게 바꿔 놓았어.

11. 개봉박두 : 드디어 욕실문이 열리고 수건으로 몸만 가린 그녀가 나왔어.

12. 조삼모사 : 근데 이걸 어째, 그녀의 얼굴이 아까하고 영 딴판인 거야.

13. 과대포장 : 쭉쭉~ 빵빵~ 몸매도 알고 봤더니 뽕 때문이었어.

14. 물 속의 쥐 : 물기에 젖어 있는 그녀의 모습은 한마디로,

15. 본전 생각 : 하지만 어떡해~. 여기까지 왔는데.